# 万千风味，都是人生

蔡澜 —— 著

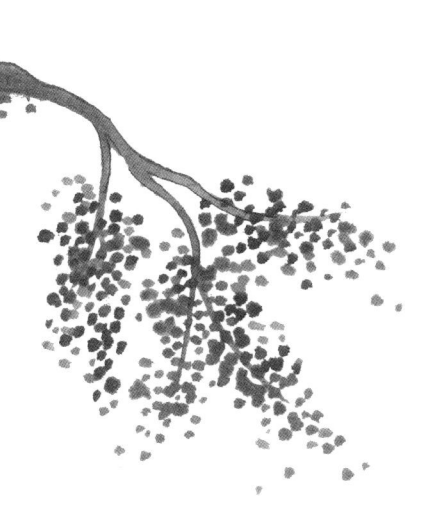

华夏出版社

图书在版编目（CIP）数据

万千风味，都是人生 / 蔡澜著 . —— 北京：华夏出版社有限公司，2020.6

ISBN 978-7-5080-9932-3

Ⅰ. ①万… Ⅱ. ①蔡… Ⅲ. ①散文集 – 中国 – 当代 Ⅳ. ① I267

中国版本图书馆 CIP 数据核字（2020）第 062170 号

著作权合同登记号　图字：01-2019-6919 号
作品原名：《双鬓斑斑不悔今生狂妄》
作者：蔡澜
中文简体字版 © 2020 年，由北京乐律文化有限公司出版。
本书由厦门外图凌零图书策划有限公司代理，经蔡澜授权，授予北京乐律文化有限公司中文（简体）版权。非经书面同意，不得以任何形式任意改编、转载。

**万千风味，都是人生**

| 作　　者 | 蔡　澜 |
|---|---|
| 责任编辑 | 陈　迪 |

| 出版发行 | 华夏出版社有限公司 |
|---|---|
| 经　　销 | 新华书店 |
| 印　　装 | 天津旭非印刷有限公司 |
| 版　　次 | 2020 年 6 月北京第 1 版<br>2020 年 6 月北京第 1 次印刷 |
| 开　　本 | 145×210　1/32 |
| 印　　张 | 7 |
| 字　　数 | 85 千字 |
| 定　　价 | 49.80 元 |

华夏出版社有限公司　网址：www.hxph.com.cn　地址：北京市东直门外香河园北里 4 号　邮编：100028
若发现本版图书有印装质量问题，请与我社营销中心联系调换。电话：（010）64663331（转）

# 目 录

## 匆匆忙忙走一趟

重访墨尔本　2

福建行（上）　10

福建行（中）　19

福建行（下）　28

西贡行　37

澳门居民　46

冲绳之旅　53

匆匆忙忙走一趟　61

手杖的收藏　68

# 生螃蟹的承诺

关于日本茶的二三事　76

深夜食堂　84

北方点心　93

完美的蛋　102

为了一碗白米饭　111

内脏万岁　120

鳗鱼饭　128

日本早餐　136

生螃蟹的承诺　145

# 蔡澜行草展

- 湿疹经验　154
- JOE YOUNG　162
- 厕所文学　171
- 听书者　180
- 东京二十四小时　188
- 家庭主妇一二三　196
- 蔡澜行草展　204
- 行草展花絮　211

匆匆忙走一趟

# 重访墨尔本

我和国内最大的旅行社合作,对方问我想去哪里,想了一想,好久没有吃到一碗真正的越南牛肉河了,当然是去墨尔本的"勇记"了。

一行人出发,到达后先吃一顿海鲜,澳大利亚的海水很干净,养出不是很大但肉质非常饱满的生蚝来,价钱又不贵,吃到过瘾为止。团友们问我放不放柠檬汁或辣椒酱,我回答,生蚝的最佳调味品,是海水。

离晚饭还有一段时间,别人休息时我已忍不住,先

## 万千风味，都是人生

跑到"勇记"去大撮一顿。在墨尔本越南镇 Richmond 的牛肉河才是正宗，门口还贴着 2001 年我曾写的一篇文章《为了一碗牛肉河》，插图是由苏美璐画的，是我对着这碗河粉做祈祷状，表情满足。

当然是喝那口汤，啊，所有的记忆都回来了。天下老饕尝尽所有美食，也都认同越南牛肉河是低微、谦虚和美味的食物之一，只要喝一口"勇记"的汤，你便会变成这家店的"信徒"，大家吃遍越南本土和法国，一致同意"勇记"是天下第一牛肉河。

一来再来，和老板娘已成为好友，见面互相拥抱，再叫一碗撞牛血，用滚牛肉河的清汤，在最烫的时候撞进碗底的牛血，即时凝固成豆腐状。大家要是有机会去，一定要叫，别的牛肉河店没有，是唯一的。

地址：208, Victoria Street

电话：+61-3-9427-0292

晚上，我们去了一家叫"MAHA"的餐厅，为什么选它？是在 TCL 节目中出现过的中东大厨 Shane Delia 开的。没吃过，总要试试。店开在墨尔本唐人街的外围，价位按澳大利亚人的生活消费水平来说还算是贵的，但生意极好。可能是我对中东菜不熟悉，不觉得有什么了不起，在节目中做的一些特别的菜，餐厅里也没有，吃后印象最深刻的只是一道羊肩，其他没什么大不了的。

地址：21, Bond's Street Melbourne

电话：+61-3-9629-5900

网址：https://maharestaurant.com.au/location/

澳大利亚没有什么好的本地菜，但牛肉还是有它独特的味道，我说的不是什么澳大利亚和牛，而是土种牛，若论做得最好、又是最老的店，当然是"Vlado's"了。老板用手敲打牛扒，把肉敲松之后烧烤，这种做法

数十年如一日。当年他说做了 30 年,再也没有第二个 30 年,一语言中,人去世了。好在他的得力助手跟着他学会了古法手敲牛扒,还是一家很好吃的牛扒店。吃澳大利亚最好的牛扒,当然得喝最好的澳大利亚红酒,那就是 Penfold Hamitage 了,不暴利,卖得比外面的零售价贵一点罢了,团友王力加请客,共开了 4 瓶,喝了个痛快。

地址:61, Bridge Road, Richmond

电话:+61-3-9428-5833

墨尔本是一个移民都市,什么菜都有,说到日本菜,还是"升家(Shoya)",卖老派日本菜。什么叫老派日本菜?刺身仍装在一个大冰球里面,以防变热,这种 20 世纪 60 年代的功夫,大家嫌老土,没什么人肯做,一个人一个冰球,很费工夫。唉!人老了,就欣赏这些。其他的日本料理,每一道都精彩,但时下

万千风味，都是人生   7

年轻人还是觉得回转寿司的鲑鱼刺身好吃得多。

为生意平衡，"升家"也在该店二楼开了日式酒吧，许多日本女游客和学生前来小酌，有兴趣不妨一游。

**地址**：25 Market Lake Melbourne CBD, VIC, 3000

**电话**：+61-3-9650-0848

**网址**：http://www.shoya.com.au/

"万寿宫"还是那个老样子，一楼不做生意，只当门面，坐电梯上二楼，墙上挂满每年获得的奖状。开中国菜馆开到像"万寿宫"那样，到世界任何一个角落都有面子。说高级比任何西餐厅都高级，说好吃比在中国的餐厅更好吃。利用当地最好、最新鲜的食材炮制最高级的中国菜，洋人都觉得来这里吃是内行。如果中国人想到海外打天下，就去"万寿宫"学习吧，也不用我介绍有什么好的，你一去，

一坐下,侍应就会介绍到让你满意的。

地址:17 Market Lane, Melbourne, Victoria 3000

电话:+61-3-9662-3655

网址:http://flowerdrum.melbourne/

"刘家小厨"由"万寿宫"的创办人刘华铿主掌,他退休后没事做,儿子开间小馆子,刘先生出来帮帮手,一帮就停不下来。服务当然是一流的,至于菜式,单单一味牛舌头就显真功夫,他家的牛舌是澳大利亚最好的,把前面硬的那一截弃之,卤得香喷喷,一吃就上瘾。

地址:4, Acland Street, St. Kilda, Melbourne

电话:+61-3-8598-9880

网址:https://www.zomato.com/melbourne/laus-family-kitchen-st-kilda

万千风味，都是人生

大名鼎鼎的英国米其林三星厨子 Heston Blumenthal 说关了伦敦的店去墨尔本，其实店并没有关，只是多开一家罢了。他本人并不在店里，所做的菜可用粤语来形容，叫"整古作怪"，店开在赌场里面。

最大的惊喜，还是在市内的古董店，以前我在墨尔本住过一年，常去逛，在 Armadale 一带有很多家，如今一间一间地关闭。"Armadale Antique Centre"还在，从英国来的移民带来不少古董，而我要找的，恰好是那个年代的时尚手杖。我去了意大利只找到一根，来到这里，一口气买了六根，其中一根红色玛瑙头，上面铜质雕工精细，有个武士骑着匹马的，喜欢得不得了，已值此行。

地址：1147 High Street, Armadale, Victoria 3143

电话：+61-3-9822-7788

网址：http://www.armadaleantiquecentre.com.au/

# 福建行(上)

一天,接到通知,说要我去做一个电视节目,我已甚久不主持此类活动,有点懒,正想回绝。东南卫视的监制王圣志非常有说服力,他说:"你什么都不必做,只要当老太爷,坐在那里,命令你3个徒弟去找食材,然后每人找一样东西给你吃,就这么简单。"

"还有呢？"我问。

王圣志一阵机关枪似的说："节目名叫《味解之谜》，是由福建东南卫视、台湾东森电视、福建海峡卫视联合推出的两岸大型户外美食真人秀，爬山涉水，寻访乡村美食，已播了两季，全国点击超过1.5亿，手机终端共触达3500万IP用户，得到各界好评。这一季突出特色在于探寻各地极致的食材，完整复制传统料理方法，形成经典的食谱。"

哇，好伟大。

他接着说："节目不仅要带观众到美食的新领域，更要突出食物与自然、料理、劳作和人情与传承的关系，这种温和沉静的美食文化又需要与轻松娱乐结合，基于此，第一个就想到你。"

"我能做些什么？"我再追问。

"我们诚挚地邀请你成为《解谜学堂》的主考

官,你将有3位明星学员完成美食任务,获得食材线索,最后接受你的考核。每期需要你参与的是:一、美食任务的发布。例如今天究竟要找寻的是当地哪一种食材,提供有关背景或线索。二、食材的检验及料理的评判。明星得利用各自获取的食材做菜,成品归你点评。三、寻找味道的秘密。由你单独访问,通过与乡民的聊天,寻找舌尖上的秘密。以上3个环节没有竞技,只是互相切磋。"

"在哪里拍?"

"福州的乡下。"

我这个都市人,一听到乡下就想起蚊子,在泰国拍外景时被蚊群追赶,一连八天八夜,已"患上"了蚊子恐惧症,立马摇头摆手。

## 万千风味,都是人生

王圣志感到了我的犹豫,即刻下撒手锏:"要找的食材之中,有一种羊,住在山上,每天知道退潮的时间,到时候就走下山到海边吃浸过海水的咸草,肉质是非常特别的。"

他似乎知道我是一个大羊痴,而且非常了解我的个性,只要有一种没有吃过的,即刻产生兴趣,哪怕千山万水,也会去尝它一尝。于是,就这么出发了。

从香港飞福州,两小时后抵达,电视台工作人员接机,再乘两小时车,抵达福州的罗源。

先到小镇去"医肚",我大概有这种运气,每到一处的摄制组中,总有一个老饕,由他带路,吃一顿特别的,在一家叫"一号私房菜"的餐厅。

福州人吃饭,先上小菜,小菜之中少不了的是一碟猪血,卤得甚入味,用这种来下酒,不知比什么薯片花生好几十倍。猪血在新加坡已被政府禁售,如果是新加坡人来到，看到了眼睛简直会发亮。

另一种小菜是细小的蚝，用盐水焯一焯就上桌，这种细蚝只有手指首节那么大，当地很多。想起福建好友林辉煌说，小时候根本没糖果，就和他姐姐到海边挖生蚝当零食。焯熟的小蚝鲜得不得了，当然又比薯片花生好。

主菜是我这次旅行吃了又吃、百吃不厌的炒土粉，把空心菜、胡萝卜丝、葱、小虾、肉片、生蚝和番薯粉做的粉丝一起炒，好吃到极点，而且每一家的炒法各异，没有一家会失手的。各位有机会到闽北一定要试一试，不吃等于去了四川不尝担担面，损失，损失。

接下来是煮猪手，皮上的毛拔得干净，又很爽脆，骨头熬出来的汤当然特别甜。另有蛤蜊汤、炒海肠、炒竹笋、炖石麟（石麟是一

种很肥大的食用蛙）、炒番薯叶，等等。

到了福建不能少的是土笋冻，极鲜甜，这是一种海肠的啫喱，各地不同。罗源做的不像闽南那么一小块一小块，个头很大，让喜欢吃冻的人吃个过瘾。

地址：罗源瑞都公寓一号写字楼4楼

电话：+86-137-0501-3313

吃饱，回房休息，入住的是罗源最好的"罗源湾世纪金源大饭店"，里面有一家餐厅，这几天下来都在里面吃，是住酒店吃得最多的一个纪录。

到了晚上，制作方在酒店餐厅宴客，来的是一位女子，她就是多项世界跳水纪录的保持者吴敏霞，迄今为止连获4届奥运冠军，共5面奖牌，全是金牌，排在世界第一。她本人高高瘦瘦，完全看不出是一个打败过天下女子的人，最厉害的是，样子还那么美丽。

第二位是2001年世界、全国青年比赛中排名第一的史冬鹏,也是国家队田径健将,专跑110米跨栏,人非常谦逊,斯斯文文,想不到是个身经百战的运动员。

第三位是喜剧演员姜超,2006年在《武林外传》中饰演大厨李大嘴一角而广受欢迎。

大家对着一桌美食大吃大喝,不用出赛,当然不必节食减肥,有说有笑,气氛融洽得很。我有预感,这次的节目一定会做得好。

## 福建行（中）

翌日，到罗源镇见大厨陈奇辉，他50岁左右，人笑嘻嘻的，整身肉结实，像一块大岩石。别小看他，他20岁时已经开始学习煮羊，再钻研30年，才成为大师级人物，专门煮这一道"下廪羊"。

而"下廪羊"有什么特别呢？这就得先去看看。由陈师傅带头，经过漫长的一段沙路，我们在一个小山坡下车。不久，就看到一位乡民赶着一群羊，羊的个头不大,每只30斤左右,皮褐色。

不用牧羊犬,羊群二三十只,慢慢地自己走下来到海边,它们已知道要做些什么,原来是吃退潮后的绿草,草被海水浸过,充满盐分,羊每天吃了,本身的肉已有咸味,是下廪这个地方特有的。

世界上好些地方的羊有此习性,典型的是法国诺曼底圣山(Mont Saint Michel)的海草羊,还有意大利阿尔卑斯山羊,用它们的奶来做芝士,最为特别。我问陈师傅会不会用羊奶做别的菜,他说福州罗源这里只有炖汤这种做法。

买了羊肉后,先到陈师傅的家里,由他做一碗闻名的汤给我喝。先得找到各种药材,少一样都不行,这个任务交给了吴敏霞,史冬鹏找肉,姜超找酒,我就先享受那碗汤的滋味。

一喝,果然惊为天物,我这个最喜欢吃羊肉的人，各种做法都吃过，就是未尝过下廪羊肉汤，虽然由多种药材熬出，但一点药味也没有，要是药材味一重，就有生病吃药的感觉了。

只知满口鲜甜，完全是大量的羊肉精髓。药材之中，有种叫"牛奶根"的，之前听网友青桐庄主说过，很感兴趣，她的娘家就在罗源，她也特地赶来陪我。

陈师傅说除了牛奶根，还要用苦刺、杏腾、土黄芪、臭虫柴、罗汉果头、金桔头、秀豆根和当归来炖，分量都是从经验得来。

看陈师傅的制作过程，先用清水入锅，小火慢慢地把药材煮了两个小时，浓缩为"过滤汤"，再下来就是把羊肉加入。下廪羊的肉鲜红，不像一般的肉那么暗黑，陈师傅顺着肉的纤维将羊肉切成小块，再依大小厚薄放入锅中，热水汆水 5 至 10 分钟，取出，反复两次洗净,接着用酒煨一遍,酒是刚酿好的,羊肉之中的异味便完美地祛除了。

煮成的药材用网筛掉之后,放羊肉熬煮,不上盖是因为可以保持原来的味道。灶台的火候最为重要,从小火熬起,再逐步增加干柴,汤滚后拿掉柴,转小火,整个过程一小时。熬煮时,不时加水,用勺子将漂浮在汤面上的泡沫和多余的油捞掉,煮出来的汤才清澈,最后再加点酒和盐,就可以上桌了。

喝过汤后我们再长途跋涉,到一座小乡村中,取其优美背景,拍摄3个徒弟找回来的食材和药物。吴敏霞找到了一根巨大的牛奶根,陈师傅说用来熬汤有这么大的才够味。我见娇小的吴小姐的手臂上都是被蚊子咬过起的包,就从我的和尚袋中取出专门的药膏给她一搽,即刻止痒。

我这次是做好准备的,大包小包,各种防蚊水带齐，事前大量喷上，所以从头到尾没被咬过。但村里还有一种小黑虫，叮起人来也是不好受的，好在驱蚊水也能起到让虫子回避的作用。

第二天一早，吴敏霞的男朋友从大城市赶来，向她求婚，双方家长也陆续赶到，我们在村中大屋的院子里摆了宴席，大吃下廪羊和其他农村菜，又喝了很多酒，拍摄顺利完成。

晚上，我们折回罗源湾世纪金源大饭店，再吃一顿丰富的晚餐。餐厅里也做下廪羊肉汤，但和陈师傅的根本没法比，之后也再喝过几次，专家做的不同就是不同，我真的是三生有幸，喝过这碗天下罕有的汤，羡慕死其他羊痴。

大家兴致高昂,吴敏霞也喝了不少酒,和她的女助手们拉着我打麻将,打的是最基本的,不能上牌,只能碰牌,谁最快吃胡谁赢。赢了有多少钱?我们不玩钱的,只是打掌心。各美女都给我打过。

第一个环节结束后,翌日就去拍第二个。

从酒店出发,大约一个多小时的车程,距离虽然不远,但那是著名的十八湾山路,非常崎岖,不惯的人会晕车作呕的。好在我在不丹的山路上已经有了经验,那才是叫得上惊险,高山上望过去是深渊,而且都是石头路,不丹唯一平坦的,是机场的跑道。

好了,到达目的地,是一个美丽又幽静的山城,当今旅游业发达,要不是那么艰难才可到达的乡村,早就被游客包围了。

山明水秀,有一条很清澈的河流,巨川的尽头,就是海了,海水涌入时,和河流的淡水交界,就长出肥大的野生鳗鱼来。

整条一米半长的大鳗鱼,背黑色,肚子发着黄金般的颜色,乡民们涉着溪水,用独特的渔具来抓,我们是来拍节目的,要是抓不到怎么办?通常会事先准备好,但乡民们很有把握,点头说:"一定有,一定有,明星到了,鳗鱼也要出来看看!"

# 福建行（下）

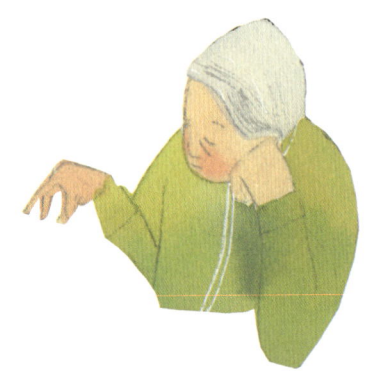

东湖村的名厨，是位家庭主妇，叫林春燕，相貌娟好，像个读书人。她本身是养兔子的，到她先生的农村，看肥肥胖胖的兔子一只只放养，到处乱跑，两个小侄儿在帮着大人抓。原来是有办法的，要预先知道兔子的习性，两人包围，一前一后，才可以抓到。

走到春燕姐的家，看她做这道叫"半酒炖淡鳗"的名菜。先斩断鳗鱼颈部的脊骨神经，它的动作就缓慢了，否则怎么杀，会随时起死回生。鳗鱼的生命力极强，感觉吃它的肉，有滋阴补肾的功效。

用滚水淋之，去掉皮上的黏质，然后再一段段地切，背部的肉还是连着的，才能卷成一圈，然后炖之。我看过潮州的老师傅做类似的菜，那可真的厉害，是将连着脊骨的肉仔细挑开，最后用力一拔，整条鳗鱼皮翻了过来，师傅去世后，这门绝技也失传了。

春燕姐用酒、生姜、党参、枸杞、盐和白糖，在锅中煮了15分钟，即成，速度之快，是惊人的，一碗香喷喷的清炖鳗鱼，即能上桌。

试了一口汤，无比清甜。当今野生鳗鱼难求，何况是咸淡水交界的。日本的鳗鱼，已经有95%是养殖的，要吃到一尾野生鳗鱼，难如登天。再加上春燕姐的许多佳肴，这顿家宴十分精彩，饱饱，抱着肚皮回酒店睡了一晚。

第四天再看徒弟们找回来的食材,由春燕姐再办一桌菜让摄制组拍摄,《味解之谜》这个节目顺利地拍完,再下来就等着在电视上看。

本来是可以从福州返港的,但我久未到过泉州,既然来到福建,就特地去跑一趟。

大家知道,福建分闽南和闽北,在罗源吃到的是闽北菜,福州话和闽南话相差很大,我一句都听不懂,闽南话我倒是拿手的,从小受邻居的厦门家庭养育,精通他们的文化,这回怎么也要去泉州,重访开元寺。

从罗源开车到泉州,需4个小时,我们在各个休息站吃吃停停,车程也不算辛苦,经过莆田时,买了一大包兴化米粉回香港吃。

到达泉州，入住万达文华酒店，未到之前已和网友"木鱼问茶"联络上，她和她先生都是当地著名的戏剧家。

问我想吃什么，我当然回答：润饼、润饼、润饼。

润饼是福建薄饼的泉州叫法，传到台湾后也叫润饼，是我百吃不厌的地道小食。

润饼各家做法不同，材料基本上有红萝卜、冬笋、高丽菜、荷兰豆、蒜仔、韭菜、唐芹、芫荽梗、香菇、木耳、豆干、虾仁、蟹肉、煎蛋、鱼肉、瑶柱、花生糖末、春卷肉，还有少不了的浒苔，浒苔不好的话，润饼就做不成了。

把材料炒了又炒，一大堆，吃不完第二天翻炒更美味。包润饼的时候，先把薄饼皮铺在平碟上，拿数

根蒜仔，就是蒜梗了，把一头拍扁，当成一根刷子，沾了甜面酱，涂在饼皮上，这时可另涂蒜茸或辣椒酱，再撒上花生糖末，放炒好的食材在上面，就那么包起来。

你会发现泉州的薄饼是不包死的，一头还开着，为什么？那就是方便把炒好的材料中的汁浇进去，吃起来才不会太干，是最正宗的吃法，各位有兴趣，可买王陈茵茵著的《家传滋味》参照。

友人带我到当地的一家餐厅去，各种菜都做得好，我其他的不碰，润饼吃完一条又一条，最后还把剩下的数条带回酒店，半夜起身，再吃。

翌日想去吃地道的早餐，问有什么特色的，司机说泉州人不注重早餐，专攻消夜，早餐只有番薯粥等，勉为其难，带我去一家叫"东兴牛肉店"的，吃各种牛肉菜式,还是可以的。

**地址**:泉州庄府巷 13 号

**电话**:+86-595-2239-1271

吃完直奔开元寺,泉州是海上丝绸之路的出发点,唐宋以来已和海外通商,宗教上受的影响也是多元化的,所以弘一法师选中这个世界大同的佛寺来终老。

住持相迎,是一位很年轻英俊的法师,叫作法一。他知道我对弘一法师最感兴趣,就带我到寺内的弘一法师纪念馆,而且打开不对外开放的收藏室让我参观。算是和弘一法师有缘，见了许多墨宝，还有一些印石，以及法师用过的笔和刻刀，发现刻刀和我惯用的一样，这是得康侯先师的教导，没有用错。

从寺中出来，再去了晋江，未到之前以为晋江很远，原来和泉州隔了一条河罢了，总算到了晋江一游，在那里吃了一顿白水煮猪手的午餐，再在一个美食中心，看到润饼，又买了几条。翌日一早要去机场，晚餐免了，半夜起身又吞了数条润饼，大量生产的一点也不好吃，但还是照样吞完。

翌日由泉州机场飞返香港，此机场距离市中心只需10分钟车程，是全国最方便的，已是当今各大都市中罕见的了。

万千风味，都是人生

## 西贡行

胡志明市，人们一听即刻浮现战火的印象；但说到罗曼蒂克，还是想到西贡。长堤上，圆尖草帽之下飘着垂直的长发，一身白色的丝绸旗袍，开着长衩，不见大腿，被黑色的香云纱裤子包裹，一寸肌肤不见，但风吹来，衣服紧贴美少女的胴体，身材表露无遗，这就是西贡了。

为了追求一碗完美的牛肉河，我再度到访西贡。

牛肉河（Pho），念为 Fur-R，有点饶舌，喜欢吃这碗牛肉河的人，都会准确地发音。

天下老饕，没有一个不爱吃越南牛肉河的，就算是最挑剔的食家 Anthony Bourdain 也为之着迷。喜欢牛肉河的人都会聚在一起，互相交换意见，大家比较吃过的，是哪一家最好，各自情有独钟，争论得面红耳赤，喜爱的是在巴黎、在休斯敦、在墨尔本，而不是老家的越南。

既然如此，为什么要回到越南去找？在大家知道牛肉河是最美味、最健康的食物时，越南本土也静默地兴起热潮，街头巷尾全是牛肉河店，装修得更干净、更豪华，材料用得更精美了，所以我必然要重新去发掘。

从前的著名老店，像 Pasteur 路上的 Pho Hoa 和 Nguyen Trai 路上的 Pho Le 都有了新门面，过去的连锁店 Pho 24 和 Pho 2000，已被更新更大的连锁店代替，会安的牛肉河也入侵西贡，更有其他大大小小的，我都一间又一间去试。

河粉的质素反而变成次要，最重要的是第一口喝下去的汤，我们都知道这是决定性的，共同点在于甜美之下还要清澈，汤一混浊，极影响味觉。

每一家店都有他们所谓的"秘方"，但几乎都忽略的是牛肉的分量并不足够，尤其是在物资较为贫乏的首都河内，所有的牛肉河都比不上西贡的。

你只要向河内人一说，他们当然不同意，一争拗起来，就得出手打架，我不能说哪一家最好，只能说哪一家我最喜欢，但是，都比不上墨尔本的"勇记"，这是我的结

论,也是我的偏见,没有办法改变我这种主观印象。

有一个现象倒是事实,没有一个地方的香草分量比得上越南。在那边吃牛肉河,一上桌就是一大盘或一大筲箕的芫荽、罗勒、薄荷叶、豆芽和辣椒,吃之不完,取之不尽,有如广东话的"任食唔嬲",就是你喜欢吃多少就有多少,店家是不会介意的。

如果对各种牛肉河不熟悉,我建议一到西贡之后,先去市中心的"槟城市场",那里除了肉类、鱼类、蔬菜之外,还有无穷无尽的熟食档,你一家家去吃,就会明白当地的小食有多少种。另一个去处也在市中心,那是一家叫Ngon的,由一座富有人家的巨宅和花园改装,从前是大屋内卖甜品和坐人的,围着花园有各种乡下的小吃。当今已改变，扩张在屋内，以防下雨，热带地方，那一场豪雨，是惊人的。

如果想吃甜的，首选是 Fanny Ice Cream，在一座殖民地式的巨宅之内，一进门就会看到各种水果做的冰激凌，完全天然，不放任何添加剂。可先打电话查问，这家店有一段时间是可以"任食唔嬲"的，吃到你拉肚子为止。

店里还有书架，俨如一间小型图书馆。法文看不懂的话，咖啡桌上有让你看不完的巨型画册，冷东西吃多了，来杯滴漏的越南咖啡，过一个懒洋洋的下午。

**地址**：29 - 31 Ton That Thiep St., Ben Nghe Ward, Dist. 1, Ho Chi Minh City

**电话**：+84-8-3821-1633

**网址**：http://www.fanny.com.vn/en/retail/south/

要是你想吃更地道一点的，那么，"意芳甜品（Y Hhuong）"的花样最多，也吃得最过瘾最豪迈，著名产品是一颗青椰子，把椰子水倒出来加入大菜糕和椰浆，做好了又装进椰子里面，好吃得不得了。另外的三色冰、四色冰和马来西亚式的红豆冰，里面什么都有，像是吃大餐多过吃甜品。店里整天挤满客人，生意做个不停，把旁边的铺子也买了下来当工场。

由于吃甜的会腻，这家人在门口还摆了一个大摊档，玻璃橱窗中可以看到有木瓜丝、虾米、金不换、鸡蛋丝、腊肠片等各种食材，像福建人的包薄饼一样，代之的是糯米粉的粉片包裹。

**地址**：380, Nguyen Tri Phuang

**电话**：+84-9-3333-8128

**网址**：https://www.foody.vn/ho-chi-minh/che-thai-y-phuong

海鲜的话，我会推荐我最喜欢的"双鱼"，设计的标志是两条鱼，是一个经典。里面各色海鲜应有尽有，你不知道叫些什么也不要紧，店里有本图文并茂的食谱可选。吓到你的是价钱，几百万甚至上千万越南盾，换算成我们惯用的货币，也不要几个钱。

**地址**：70, Suong Nguyet Anh Street

**电话**：+84-8-3832-5117

**网址**：http://songngu.com/location/

装修得古色古香的"会安（Hoi An）"，室内家具全部是酸枝木，食物又美味，桌上煮的牛肉河另有一番风味，加上越南乐队伴奏，非常独特，又带有很重的"妖气"，值得一听。

**地址**：11, Le Thanh Ton

**电话**：+84-8-3823-7694

酒店方面，还是 Park Hyatt 最好，记着订三楼游泳池旁的房间，户外可以抽烟。晚上走出去散步，到最古老的 Rex Hotel，天台上有支乐队和女歌手，演奏的音乐和歌曲，带你回到 20 世纪 60 年代。

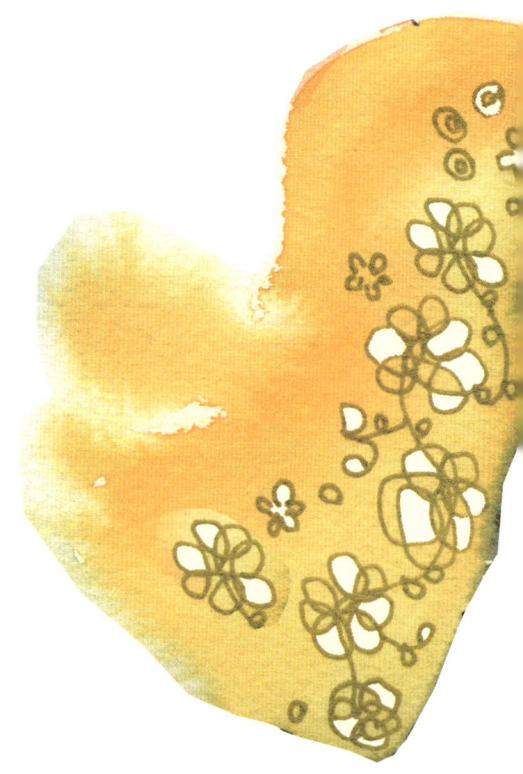

## 澳门居民

记不起是第几次去澳门了。这句话也有语病,不应该用"去"字,而是"回",我已经有了澳门的永久居民身份证,是个澳门人了。

"你想住哪间酒店?"老友米夫是安排这次活动的人,他给了我很多选择。

我当然会选"大仓(Okura)",这块牌子当年东京还没其他好酒店时,是与"帝国"齐名的,就连他们管理的上海"花园酒店",也是至今我最爱入住的。还有一个私人理由,很简单,那就是有冲水坐厕,在全世界的所谓"五星级"酒店,也不一定有此设备,洋人到底不知道它的好处,日本早在30年前已普遍,公路旁的休息站也设有,用惯了,没有它很是不便,现在在内地很多城市也开始出现了。

"大仓"的好处当然不止于此,服务是无微不至的,但一切都在低调中进行,在花花绿绿、吵吵闹闹的赌城中,是被客人忽略了。

不单是服务好,酒店里的日本料理"山里"是我认为最正宗的一家,就算香港,也找不到。当然香港的高级寿司铺很多,有的还是只有七八个座位,但是说到"怀石",真的找不到几家做得像样。单单说餐具,最先上的那道"先付"中,山里用了一个黑漆漆的碗,毫不起眼,但一打开盖底,绘有的精美图案已令人赞叹,里面盛着泷川的豆腐、生海胆、秋葵和紫苏花穗,美味至极。

总之整顿餐没有一样不好吃,食材都走在季节性的尖端。嫌怀石好看不好吃,吃不饱吗?这家人的特点在于最后的那煲饭,用大陶钵炊出来,米饭粒粒晶莹,加上鲍鱼等各种食材调味,一定让你吃完一碗又一碗。

问价钱,便宜得令人发笑,正统的日本餐从不宰客,一定是公道的。

至于早餐,酒店的自助早餐虽丰富,我还是喜欢到营地街菜市场的四楼,种种地道的食物应有尽有,而且已经和各位小贩结成朋友,互相嬉笑更是快乐事。凡是有朋友问起去哪里能吃到又便宜又好的,我一定介绍他们去那里,吃完回来个个都满意,没有一个失望的。

中餐当然还有"祥记面家",消夜有"六记",

豆腐花是"李康记"最好,吃过的没有一个不大赞。甜品店中"杏香园"是我最喜欢的,在1946年于广州成立,1963年迁移到澳门,它改变了传统甜品,又加了冰激凌、凉粉和椰浆,你去吃时叫那个最贵的,什么都有,吃完已是一顿大餐。如果还不饱可以买他们的粽子,里面有七八粒大瑶柱,真材实料,绝对吃出幸福感来。本来这回想去吃一餐,但时间不充裕,听说他们已在香港开分店,还是返港后光顾。

也不是老吃那几样,新的酒店越开越多,丽丝嘉尔顿还是全部套房的呢,米夫介绍了那里的"丽轩",说有高级点心吃,我最近对粤式、沪式和京式的点心都很有兴趣,但听到"高级"这两个字,不是贴金箔就是乱加鱼子酱、松露酱,有点怕。

"丽轩"做的不同,不但食材讲究,而且花了心思,让我佩服。单单说"脆米海皇焗金瓜"这一道好了，所谓"金瓜"，是潮州人南瓜的叫法，用了一个西柚般大的，里面挖空，把瓜肉和饭加海鲜去炒，南瓜本身已甜，加上鱼虾更鲜，炒完填进小南瓜里面焗出来。花功夫的是在最上面那一层饭，先将白饭烘干了，再拿去炸，炸后填入瓜的上面，客人一吃，米饭的层次分明，的确做得好，值得一赞。

赌场一多，名店自然跟着来，大众化的我一点兴趣也没有，反正去到世界的任何角落，这些名品都阴魂不散，随时可以买到。令我惊奇的是一家叫Zimmerli的，从前根本没有什么人会欣赏，这家专卖内衣内裤的老店，早在1871年已在瑞士开业，商品非常精美，当然价钱也不菲，不过人生有很多阶段，穿得起时不能对不起自己。

这家店的商品以前在香港置地广场的地下街可以买到，但是和其他牌子

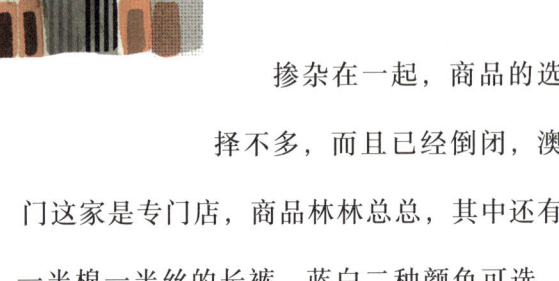

掺杂在一起,商品的选择不多,而且已经倒闭,澳门这家是专门店,商品林林总总,其中还有一半棉一半丝的长裤,蓝白二种颜色可选,这种裤子的好处在于可以当睡裤,穿出去走在街上当西裤也行,不会失礼,是长途旅行的恩物,又可以手洗,真是不错。

本来也想去大堂街一号的葡萄牙餐厅吃一餐,但是时间真的不够,米夫知道我喜欢吃那家店供应的芝士,羊奶做的,比中秋月饼大一倍,形状也像,外皮较硬,用利刃划了一圈,掀起,再以调羹舀,里面的芝士又软又香,百食不厌。

返港后把照片放在"脸书"上,很多朋友都大感兴趣,问我在哪里买,问过米夫后,得到信息如下:

地址:士多鸟拜斯大马路,海富花园隔壁的"新惠康"超市。电话不详。

## 冲绳之旅

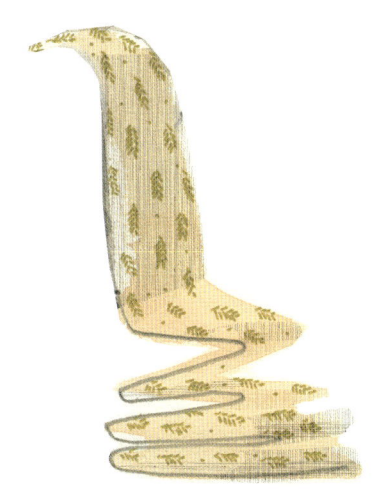

"你一定跑遍天下了!"友人向我这么讲。

胡说八道,世界之大,三世人,不,不,十世人也走不完。别的不说,单单是附近的地方,没有去过的还有很多。举个例子,冲绳岛就没有机会拜访。

为什么呢?办个旅行团不就行吗?唉,我的客人都被我宠坏,不去冲绳岛的主要原因,是飞机没有商务舱,真是可笑。

主要还是没有什么特别原因要去吧？冲绳岛有的，日本本土都具备，而且条件比它更佳，真是没有什么理由非去不可。

但是，近来，我有到此一游的冲动，为什么？啊，是我想买一块布来做长衫呀。

什么布那么稀奇？

芭蕉布。

冲绳岛北部沿海的小村落一直保留着古时老风貌，长满芭蕉，在一个叫大宜味村喜如嘉的地方，生产了最著名的芭蕉布，把芭蕉叶的纤维撕下，细工织出来。此处的芭蕉田从不施人工肥料，织成的布也不用任何的化学染料，又轻又薄，穿在身上让人感到快乐和安心。其美誉，和新潟的小千谷是同等的。

"二战"后，芭蕉布这种绝艺几乎失传，好在于1974年乡民们将之复活，如今已被国家指定为重要的

万千风味，都是人生

无形文化资产，而为此献出一生的平良敏子被封为人间国宝，如今已是90多岁了。在冲绳岛买一匹芭蕉布，比在日本本土便宜得多，已值回旅费。日本人的布是一筒筒卖的，一筒足够做一件女子的旗袍，甚至男人的长衫，穿在身上，只有自己才知道它的价值，若有兴趣，数据如下：

**地址**：冲绳县国头郡大宜味村喜如嘉454

**电话**：+81-980-44-3033

**网址**：http://bashofu.jp/index.html

不看风景吗？

当今旅游，还有谁看风景？纪录片中要看多少有多少，我们最多去那块写着"礼仪之都"的门匾下拍一张照片罢了，其余的沙滩和碧海，不如在大溪地欣赏。冲绳岛的地域不在赤道，也远离温带，看不见椰树或柳树，不上不下，的确没有什么值得一游的。

还是说吃的比较实在，冲绳岛料理有别于日本本土的，显然有大把刺身可尝，但说到代表当地的菜，还是吃苦瓜。

冲绳苦瓜形状特别，外表疙瘩较为明显，味道更为甘苦。冲绳菜很受中国菜影响，鸡蛋炒苦瓜可说是他们的国食，无处不在。

另一种和中国菜一样的是猪肉，红烧肉很著名，他们也有变化多端的做法，像用白醋把肥猪肉腌了切片，少了油腻的感觉，非常之特别。

喜欢吃腐乳的人有福了，我们一直强调不咸的腐乳好吃，像"镛记"做给老板吃的"董事长腐乳"，冲绳岛的人能做出不死咸又很润滑的腐乳。他们有些腐乳加了很多"泡盛"，是一种土炮，酒味特强，更

是好吃。

腐乳好，是因为豆腐做得好，那边的水质清澈，豆腐又软又香，有种把小鱼腌渍了，放在豆腐方格上的菜，一方格放一尾鱼蒸出来，也是其他地方吃不到的。

如果想吃最地道的冲绳菜，那么去"美荣琉球料理"好了，这家在 1958 年创业的餐厅古色古香，进门的那块"暖帘"，就是芭蕉布织成的。

"美荣"的菜，是古时"琉球王朝"的宫廷料理，用来炖红烧肉的汁，就是用 5 种以上的食材熬成的。食器也讲究，虽说冲绳陶瓷较为粗糙，但保留着古风，欣赏其纯朴，也是一乐。

去了店里，叫他们的厨师指定菜好了，也不贵，9 道菜才 7000 日元，11 道的 9000 日元，13 道的 12000 日元。

## 万千风味，都是人生

地址：冲绳县那霸市久茂地 1-8-8

电话：+81-98-867-1356

网址：http://ryukyu-mie.com/

吃完了可到"首里的石迭道"散散步，或者去"浦添市美术馆"看漆器，不爱美术馆只爱吃的话，到"第一牧志公设市场"吧，什么当地食物都有，也可买一点"山城馒头"来试试。再走走，去"观宝堂"看古董，想休息一下，到"Cesar团的Yachimun吃茶店"去喝杯绿茶。

地址：冲绳县国头郡本部町伊豆味 1439

电话：+81-980-47-2160

想吃一碗面的话,有家百年老店,用木炭烧大锅汤来煮面,称为"木炭面",听光顾过的人说特别美味。

"岸本食堂"八重岳店

**地址**:冲绳县国头郡本部町伊野波350-1

**电话**:+81-980-47-6608

**网址**:http://www.masaemon.jp/entry/2015/03/26/okinawa-kunigami-okinawasoba-kishimotoshokudo

住宿是一个问题,当然有Ritz-Carlton等五星级国际酒店,但我不想去住,我要住日本式的温泉旅馆,也好像没有什么特别高级的,打听之下,只有一家叫The Shigira符合要求,但是没有住过永远不知道够不够水平,还是自己打头阵,先跑一趟才介绍给大家吧。

万千风味,都是人生

## 匆匆忙走一趟

人生乐事,莫过于夏天到冈山采水蜜桃,秋天去阿士堤摘葡萄。今年受友人邀请,去了意大利另一个产葡萄的地区,靠近威尼斯。

和山度士已有数十年之交,看着他从小生意,做到当今年产数百万瓶意大利酒的大产业,甚为欣慰。我们每年都见一两次,他是一个很勤奋、外向的商人,常来香港。

Bottega 酒庄大家也许有些印象,他们用高级包装，把被认为廉价的葡萄皮酒（Grappa）提升到另一层次，各位在免税店中看到琉璃瓶上有艘帆船或一朵玫瑰花的，都是山度士家的产品。

说了很多年，在丰收时去他的酒庄，这次终于实现了，我们从米兰下机，直接驱车到酒庄附近的一座叫白兰度（Brando）的古堡，当今已改装成酒店，休息了一宵。看到古堡名字，想起马龙·白兰度也许是意大利后裔。

吃的都是当地采的蔬菜，当然也有各种肉类，特点在于内脏，这地方早年很穷，农民当然什么都吃，就产生了美食，各个部位做得都出神入化，西方人不懂得吃内脏只是一个传说。当然配上各种不同的酒，由酒庄奉送。

翌日就去参加酒庄的派对，本来说好在酒庄的草地上野餐的，但受天气影响，改在餐厅进行，食物应有尽有，要多饱有多饱，饭后回一家由修道院改装的酒店睡一个午觉,已经消除了时差。

傍晚这个派对很隆重,请了不少艺人扮成古代人物,又有乐团和流行音乐团体。一声号令,客人分成两队,手提铁桶和剪刀奔向葡萄园,大剪特剪,收获最多葡萄的胜出,但不能乱采别人的品种,一定要认清自己的葡萄,否则作废,奖品当然也是酒了。

将收集到的葡萄倒入一个巨桶,少女们都纷纷脱掉丝袜,卷起裙子跑到里面去踩踏,甜蜜的葡萄汁大量流出来,女人虽然貌美,但是到底不去喝它。

派对一直开到深夜,明天一早还要出发,就不去闹了,我们要赶路去意大利美食之都摩德纳。

提到摩德纳,大家便会想起 Osteria Francescana 了,这家被美食节目拍了又拍的餐厅,其实是很摆架子的,吃了大厨的菜后又要被迫去看他收藏的所谓艺术品，都是一些莫名其妙的现代雕塑，只有他一个人会欣赏，又要被他强迫去买古董黑醋，一小瓶几千几百欧元。

钱是另一个问题，主要是在这些三星餐厅一吃三四个小时，菜式很多，又没有多少道会留下印象，客人是去朝贡多过去被服侍。我宁愿去另一家叫Strada Facendo的，包君满意。

这是在公路旁一家家庭式的餐厅，走进树荫下的门口，大厨Emilio Barbieri和他太太亲自欢迎，态度亲切，战战兢兢地招呼我们，绝对没有什么世界名厨的自傲，要吃什么？和他商量好了。

用了要赶时间，希望两个小时内吃完的绝招理由，我们这餐饭不会很长。结果又前菜，又主菜又意粉又米饭，又各种酒，每一道菜都有特点，问到那种像个指甲般的迷你云吞怎么做，大厨即刻把原料拿出

来示范给我们看,又上了一课。埋单,便宜得发笑。

结果这一餐吃了 3 个小时,是我们情愿的,是我们要求多几道菜式的,不是等待拖时间的。到欧洲的所谓名餐厅,不这么吃,对不起自己,我认为走一趟,要是能吃到两餐舒服又美味的,已经够本,不能太过奢求。

**地址**:Via Emilia Ovest 622, 41123, Modena, , Italy

**电话**:+39-059-334478

**网址**:http://www.ristorantestradafacendo.it/

折回米兰,大家去买名牌时装时,我们挤到新开的大型食物总汇 Eataly,这家人在美国发迹后开回本土,是个意大利食品的宫殿,要什么有什么,值得朝拜,买了一只大火腿,抬到巴黎送友人。

这次去,有个主要目的:吃越南河粉,世界上的河粉，越南本地的并不突出，因吃河粉而迷上的人可以组成一个"联合国"，都公认是墨尔本的"勇记"最好。再下来便是巴黎了，当今越南河粉成为一股很强烈的美食力量，巴黎十三区数十米，其中 Pho13, Pho14, Song Huong 较为突出，最好的是 Ngoc Xuyen Saigon。

地址：4 rue Cailaux, 75013 Paris, France

电话：+33-1-44-24-14-3

网址：http://ngocxuyensaigon.com/

最后，去了 Pierre Gagnaire 吃一顿，就开在巴尔扎克酒店里面。法国厨子，我最佩服的当然是元老级别的保罗·包古期和这位仁兄了，从拍"料理的铁人"时认识到现在，每一次尝他的手艺，都有惊喜。

地址：6 rue Balzac, 75008 Paris, France

电话：+33-1-58-36-12-50

# 手杖的收藏

此趟在巴黎,最大的收获莫过于买手杖了,我的收藏大致来自伦敦的 James Smith & Sons、京都的手杖屋和东京的 Takagen。

以为意大利会有很多,结果找遍罗马和米兰都不见专门店。从前去了巴黎多次,还是对手杖没有兴趣的年代,这回去了,才大开眼界。

友人庄田在巴黎学做甜品,知道我喜欢,一直在专卖古董的集中地找到手杖送我，这回刚好古董市场没有营业，找到一家叫 Galerie Jantzen 的，一走进去，俨如一间手杖的博物馆。

店里只有一位妇人经营，最初大家不熟，都有个距离，后来一谈起来，即刻知道可以互相沟通的，Chloe Jantzen 把柜中的大抽屉一层一层拉出来，每层上百根，应有尽有。

首先，决定自己想要的是哪种类型，手杖当然分粗大一类绅士用的，和细小一类淑女用的，但小的男人也用，那是拿来装饰，不是实用，有的是用鲸鱼须须做的，不说的话真的看不出是用什么做的。

在手杖最盛行的 19 世纪末 20 世纪初时，男人一天要换 3 根手杖，早上用全木手杖散步，傍晚换银质杖头的，到了晚宴，手柄是黄金打造的。

从埃及的 Tutankhamun 王的令牌，到亨利八世英王、路易十三法皇,到拿破仑、美国总统华盛顿,大家都喜欢,跟着的贵族平民,各式各样的手杖一一出现,种类数之不清。

早年,妇女们用的大多是《十四女英豪》中的老太君用龙杖,与身齐高,也许是一支普普通通的木棍,但我们从原始人开始就喜欢做一些与众不同的工具,艺术由此产生。

最先想到的当然是饮食,手杖一摊开,变成一张小桌子,从中取出刀叉、酒壶、杯子来。开餐酒塞子的不能缺少,已有数千数万的种类。奇妙的是杖头可以变成胡椒粉壶口,另一支伸出尖刺,可以采树上的果实。

吃得太饱,就要运动,有单车气泵的手杖,高尔夫球棍的已太普通,从杖中可以取出马鞭策骑,也可以取出一张网来捕捉蝴蝶。

钓鱼的工具更多了,各种鱼钩、鱼叉、渔网。打

猎的不少,当然包括铅弹枪和气枪,枪类手杖数之不尽,刀类的更是不少,但这些手杖都已经是武器,拿着不能通过海关,都已经不在我的收藏范围之内了。

座类的也许在这阶段对我更有用,打开了是张三角形的椅子,这是最普通的,也有圆形的,左右打开成一张长方形的椅子,更有一张中空,让屁股有毛病的人坐。

城市绅士用的选择最多,常见的有一个精美的名牌袋表,装在杖头上,也有原始日晷手杖。接下来是吸烟工具手杖,放香烟的、雪茄的、烟丝的、鼻烟壶的,变成烟筒或烟斗的,里面当然有种种的打火机。我看中了一个朗臣的,是有抽鸦片的、吸可卡因和大麻的,还是不购为妙。

望远镜形的,我已有神探 Poirot 用的那支,但店里收藏的精美得多,有的也可以当成万花筒来玩,喜欢的有一根双眼镜、单眼镜和放大镜三位合体的镶金手杖，但已出售，关照老板娘替我再找。

摄影机手杖不少，也有可以抽出三脚架，有一根不是摄影的，一窥之下，才知道都是春宫，当年的绅士当真是会玩。

八音盒手杖售价不得了，而且每一根都是状态良好，打开了奏出各种名曲。小提琴手杖、吉他手杖、笛子手杖和箫手杖，还有一根一抽出来，是个铁架，给指挥用来放乐谱。

还是烛光手杖好玩，里面有火柴、蜡烛、反光器、手电筒。说到好玩，游戏的最多，有骰子、多米诺骨牌、飞镖、吹镖、桌球棍等。

还是和我职业有关的有趣，棍子里还藏了稿纸、钢笔和墨水，另一根大的，整支是铅笔。最精美的有棍筒中可以抽出整套的水彩画具。淑女的有扇子、化妆箱、香水壶等。

偏门一点的,有采矿石凿子的手杖。

我已经买了又买,但要怎么装回香港?上次选了一个 RIMOWA 的,但嫌太重。Chloe 的妈妈这时走进店里,原来她才是专家的专家,马上回答:"用一个塑料的好了,很轻,是用来装打猎的双筒枪用的。"

妈妈的名字叫 Laurence Jantzen,还送了我一本她写的手杖书,叫 *Les Cannes d' Art Populaire*,我才发现店里的手杖书不少,买了又买,Chloe 说:"花那么多钱买书好还是不好?"

"专门知识的书,能找到,已很便宜。"我回答。

走出店外,母女两人相送,用了《北非谍影》中的一句对白:"我相信,这是一段美丽友谊的开始。"

# 关于日本茶的二三事

初尝日本茶,发现有点腥味,不觉得太好喝,一住下来,便是8年,对日本茶有点认识,现在与各位分享:

日本茶分成:一、抹茶(Matcha)。二、煎茶(Sencha)。三、番茶(Bancha)。四、玉露(Gyokuro)。

在日本,茶树经多年改良,苦涩味减少,采下之后即刻用蒸汽杀菌消毒,不经揉捻,直接放进焙炉烘干,然后放进冷库,提高葡萄糖成分。

提出之后切割成小块,放入石磨碾成茶粉,便是抹茶了,当然根据幼细度、香气和颜色,分成不同等级及价钱。

我们一直以为抹茶是日本独有的,其实日本的茶道完全是抄足唐朝陆羽的《茶经》,一成不变。各位有空到西安的法门寺一走,便可以看到种种出土的抹茶道具,和日本如今用的一模一样。所以如果我们说学习日本茶道,会被人笑话的。

一、抹茶的喝法(以一人计)是取一茶匙,或正确一点,用 2 克的茶粉,再用 2 盎司,相等于 60 毫升的水,用 80℃的水冲泡 15 秒,便可以喝了。

如果依足茶道,便是取了茶粉,放入碗中,加热水,用茶签(像刷子的竹器),花 15 秒时间打匀。仔细一点,茶粉要用茶漉,是种茶筛,来隔掉茶粉结成一团的粒子。

但是一般家庭喝抹茶，取一茶匙入杯，冲不太烫的水，便可以喝了，寿司店给你喝的，也是这种做法。

二、煎茶是日本茶中最普通的，准备一个人到三个人喝的，用10克茶叶，放进茶壶，冲7盎司，即用约210毫升80℃的水，浸60秒就行。

煎茶的制法是采取茶叶后，经熏蒸，然后将茶叶揉捻，再烘焙而成，煎茶外观翡翠青绿，口感甘甜，略有涩味，是最受欢迎的日本茶，对茶叶的要求不高，制作方法也简单。

三、番茶是一个广义的称呼，中间包括烘煎茶（Hojicha）、玄米茶（Genmaicha）和若柳（Wakayanagi）。

烘煎茶是制茶技术之一种，目的是去掉茶叶中的水分，提高香味和保存效果，颜色褐色，用的是茶

叶，若用茶茎，则称之为焙煎茶（Kuki Hojicha）。

焙煎茶随意轻松，不分季节，日常饮用，冲泡之前放进微波炉中一"叮"，更突出茶味。也可以用来玩，在一个香熏器具中放了煎茶，下面点蜡烛，便有阵阵香味，很自然，比精油自然得多。

正式的泡法是用两茶匙茶叶，240毫升或8盎司的水，用100℃的水冲泡30秒钟即成。

玄米茶（Genmaicha）则是日本独有的，绿茶中混合了烘焙过的糙米，冲泡后有绿茶香气，也有米香。像中国人喝香片一样，不爱喝的，不当茶。

最后要说的是玉露了，我初到京都，就去了"一保堂"。

**地址：**京都中京区寺町二条上，常盘木町五十二番地

**电话：**+81-75-211-3421

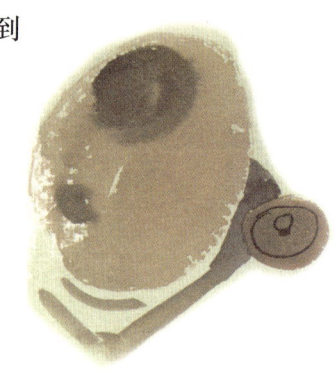

## 万千风味，都是人生

在这家 1717 年创立的老茶铺中，我们可以喝到一杯完美的玉露茶。什么叫玉露？是在采收前一个月搭棚覆盖，避免阳光直射的茶，只采新叶，干燥及揉捻后制成，冲泡玉露是用低温水，正式是 60℃，有些甚至低到 40℃。

第一回在"一保堂"本店喝，座上有个铁瓶，烧开了水，用竹勺取出。怎么样才知道已降温至 40℃呢？先把开水冲进第一个杯，再转第二个杯，最后转第三个杯，便可以装入放了 10 克茶叶的茶壶中，第一泡等 90 秒就可以喝，第二泡，不必等，换了三次杯后直接冲入茶壶，即可以喝。

第一口玉露，喝进嘴中，即刻感觉到这哪像茶，简直是汤嘛！玉露一点也不涩，有海苔的香气，金色碧绿，含有大量的茶酚，异常美味，从此便上了玉露的瘾。

玉露是当今卖得最贵的日本茶,"一保堂"出品的以精美的茶罐装着,外面那张包装纸,是用宋体木板印刷出来,是陆羽的《茶经》,美到可以裱起来挂于墙上。

如今我在家里除了日常喝浓如墨汁的熟普之外,就是喝玉露了。

玉露有个特点,不止不用高温泡之,还可以用冷泡呢。通常我是抓了3小撮的玉露,放进茶盅,再以Evian矿泉水冷泡,等个两三分钟,便可以倒出来喝了,效果比低温更佳。我如今都是用冷泡的,君若一试,便知其美味。

至于日本茶的基本,有很多人的观念还是错误的。

购入日本茶叶之后,最好是在开封后3个星期之内喝完,超过了味道就逊色,再放久,简直不能入口,若不能于三周内喝完,要放冰箱。

最重要的是,玉露非常干净,又无农药,第一泡不需倒掉。

至于日本茶道,那是一种修心养性的事,我们这些都市大忙人,偶尔看人家表演一下就可以——唐朝之后,茶道虽然是中国人发明的,也不肯为之了。

# 深夜食堂

日本的漫画《深夜食堂》大受欢迎,不但书本畅销,改编成电视剧也一集集地拍下去,电影版很成功,卷起了一阵热潮。

"介绍一家和深夜食堂一样的东京小馆子给我吧。"朋友常问我。

真的不知道怎么推荐,首先,这一类的食肆,只做常客,陌生人走了进去,店主多数不理不睬。别误

## 万千风味，都是人生

会，他们不是没有礼貌，而是不知如何应对，去那里的客人多数有什么吃什么，不太有要求，向着一个不熟悉的，老板不懂得招呼，也就没有表情了。

而且，最重要的还是沟通问题，如果不会讲日语，不懂外语的店主会觉得很尴尬，也很自卑，这是一般日本人的心理。

怎么连几句英文都不会说？当然不会了，你看这故事的主人翁，脸上有一道很深的疤痕，这都是象征他是黑社会Yakuza出身的。此等人想改邪归正，又没什么谋生本事，就开间小馆维持生计。

剧本中有很多小故事，但都没谈到店主本人的出身，他们都是静默的，不想透露以往的旧事，也不想别人追问，所以情节里从来没讲到他的背景，这是对人物的尊重。如果有的话，也一定是一段动人的故事，留待作者在完结篇时叙述吧。

有了黑社会背景,这些人在新宿、涩谷等较为复杂的地区内开店,也没有人敢来打扰。虽说日本黑社会已转做正行,也有变相的敲诈,像如果你卖的是拉面,那么他们会推销以低价买入、高价卖出的面条,或其他食材,等等,当个小贩,日子也不容易过的。

"那当地人又怎么去找这些深夜食堂呢?"友人又问,"你在日本住过一段时期,一定知道答案。"

靠的都是口碑,一个介绍一个,日本人喜欢向人介绍小店,为了炫耀自己也知道这么一家旁人不会去的。

我在日本生活时当然也经常光顾,那时候年轻,不怕晚,不想回家,精力充沛。日本人的饮食习惯是喝酒的时候喝酒,吃饭的时候吃饭,通常收工后就会约一班同事,找个便宜的餐馆喝个痛快,不然就是应酬了。

## 万千风味,都是人生

当年正是经济起飞的年代,公司有应酬费,可以报税。所有职员,尤其是做生意的,一定要应酬,每个月,把一堆收据呈上去,上司才知道你勤力,一张收据也没有,那会被炒鱿鱼。

有了这个报税的制度后,晚市兴旺,夜夜笙歌,我当然被很多公司的人请客,大吃大喝,吃饭时不吃饱,喝完酒便觉肚子饿,报不了税的就到街边去吃一碗便宜的拉面,可以报税的,又去这些小馆流连。日本人叫这一行为"水商费",水的生意的意思,包括餐厅、小馆、酒吧和高级的艺伎屋,都可以报税,等于是政府请客,维持了一大班人的生计。如今经济萧条,应酬费已不能报税了,令这一行业大为衰退。

话说回深夜食堂,吃的是些什么?就算是好吃,日本人也

称为"B级Gurume",次等美食的意思。所以绝对没有什么豪华的食材,小店老板见有什么最便宜的就用什么,多数是可以冷藏的,不会隔天就变得不新鲜的东西。

在深夜食堂中出现的都是一般的家常菜式,客人多数没有妈妈煮饭,能尝到家庭菜,也十分感动。举个例子,节目中一定会做的是Omuraisu,那就是蛋包饭了,做法是分两个锅,一个打蛋浆上去,转了又转,烧成一层蛋皮,另一个锅把冷饭放进去,下一些青豆之类的蔬菜,或一些香肠之类的肉类,加大量的西红柿酱,炒得通红,放进蛋皮一包,就是蛋包饭了。

好吃吗?初次尝试,觉得甜得要命,蔬菜少,肉也少,用的米当然不是什么新潟的越光,我那年代是进口缅甸的,称为外米,用火来炊饭,当然没

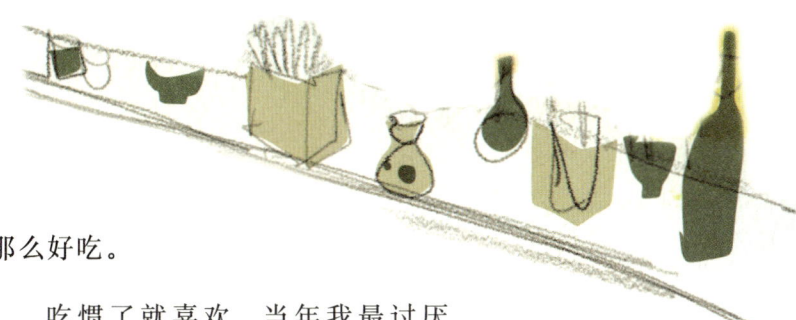

那么好吃。

吃惯了就喜欢，当年我最讨厌的是什么荞麦面、盖浇饭、炸虾或猪肝炒韭菜等，现在，变成了米其林三星厨师出品。人，真是贱呀。

最近，这个节目的版权卖了给 Netflix，也拍成中国台湾的版本，我没有机会看到，但在大陆播映，被观众大骂特骂，理由有点不公平。

批评的是节目内有很多植入广告商品，这也怪不得制片人和导演呀，他们也不想，如果大陆人要骂的话，那么骂冯小刚的作品吧，他有一部叫《大腕》的，还专门以此做文章呢。

《深夜食堂》讲的是人情，至于食物，这节目很巧妙地把出现的人物想吃的东西，仔细把做法重现一次。如果想看有什么小吃，那么去看另一部《孤独的美食家》好了。

凡是成功的饮食电影或电视剧，还是要靠人情味，而把它凑合得好的，只有《饮食男女》和《芭比的欢宴》。香港版的《深夜食堂》是一部低成本的电视剧，和《权力的游戏》没得比，已经尽力去拍了，也应该对它宽容一点吧。

# 北方点心

食量越来越少,零食居多,对于点心,却产生浓厚的兴趣。

在香港定居下来,早晨的饮茶,已是生活的一部分。食之不厌,每次出国,回来之后,翌日的第一餐,首选粤式点心。

从 50 多年前开始,我就是"陆羽"的茶客,记得当年在永吉街的二楼,还有一个阳台,摆着张小桌子。坐在室外,看人来人往,吸着香港自由的空气,水滚茶靓,一盅两件,是仙人的早餐。

改革开放后的广州,到处有美好的点心,但也逐渐地添油加酱,看着假螃蟹肉的小碟,吃得很不开心。幸好有间"白天鹅",烧卖还是手剁的猪肉,水平的确不比香港的差。

经一轮装修,"白天鹅"最初的点心也只会铺上一些廉价黑松露酱来卖钱,令我非常不满,后来大概被顾客投诉得多了,又逐渐恢复当年的水平,我认为还是广州最好的早餐去处,尤其是他们的麦皮叉烧包,做得异常美味,我每次光顾,都要打包一两打返港。

点心这种文化将会永远地流传下去,只要大人带过小孩上一次茶楼,他们便一生记得,长大后说什么也要寻觅这种味道,就算在海外,美国、澳洲、日本的中国餐馆中,还是有早茶喝,味道还可以,受不了的是那种分量,一笼烧卖4个,每粒个头都有拳头般大,吃上一笼,中饭也不想再吃了,那叫点心?应称填肚。

传统点心的花样多得不得了,但一般厨子和开餐厅的都以为要有新意才能留住旧客,把虾饺做成兔子、熊猫,豆沙包做成花菇,的确很像,但味道确实一般。

有些所谓高级的茶楼,更不惜工本地在食材上玩花样,像什么虫草、猴头菇等,下得最多的,是完全没有味道的冰冻松茸,真是闷出病来。

我当然不会反对有点新花样,要是粤式的再也想不出来,还有沪式的可以参考呀。

北方点心的变化更多,为了寻求花样,去了北京一趟,再到天津吃。

这次由好友洪亮带路,去北京老店"富华斋"。坐下,一看菜单,好家伙,有"六茶饮""六饽饽""四香食""一品粥",共 36 样。

"进门点心",有"奶卷子"和"苏子茶食",前者为奶制品,卷着果仁和山楂糕。后者的苏子茶食为咸味点心,外层酥皮,里面包有芝麻馅,吃后上一杯茉莉香片。

"怎么又咸又甜,北京人不介意这种吃法?"我问。

"这么多年来,就是这种吃法,宫廷里也一样。"王希富师傅说。

王希富先生,是仅存的宫廷菜师傅,对于满汉全席也十分熟悉,简直是一本活字典,是国宝级人物。

接着就是饽饽了,所谓饽饽,就是我们印象中的饼。先上"翻毛月饼",很大的一个,为什么叫翻毛?因为皮很酥很粉,一拍桌子,皮就掉一层,当今也只有"富华斋"卖。

再上枣泥饼、玫瑰饼、萝卜丝饼,印象最深的是玫瑰饼,只限用妙峰山的玫瑰花,每年5月底采摘,去掉花蒂花蕊,只留花瓣,加白糖揉制,后放入冰箱让玫瑰发酵半年。妙峰山的玫瑰水分最少,花味最香,种植玫瑰已有300年历史,真是好吃得不得了,各位未吃过的一定要试试看。

跟着上的是宫廷奶茶,用的是熟普,较一般浓数倍,刚好适合我的口味,除了全奶,还加花生、长白山的松子、核桃和榛子。

王希富的外祖父陈光寿是清朝御膳房厨师,做茶也有一套,被称为"茶王",擅做奶茶,王希富学了,做给我喝,我对奶茶没有兴趣,但他做的我一饮数杯,面不改色。

再来是"四大件":瓜仁松油饼、百果饼、桂花栗蓉酥和奶油萨其马,我最感兴趣的也就是萨其马,宫廷里的不一定做得比外面的好吃,但正宗。

萨其马原名"马奶子糖沾",马奶子指的是枸杞子。狗狗声不好听,改为马,而萨是满族独特的姓氏。这里做的用槐花蜜,平均三斤点心用一斤蜜,不加膨化剂,只用鸡蛋打发,和面用奶油,上面一层果料很高,要达整个萨其马的四分之一,特别美味。

跟着的"四行件"有干菜月饼、豌豆糕、玫瑰火烧、八宝缸炉。"干菜月饼"已没什么人会做了,要把霉干菜切碎,和肉末加在一起做馅。

接着是两奶碗、奶酪栗子冰和奶油八宝茶。

"四炸货"有炸三角、鹿肉酥、饹馇饼和"见风消"。"见风消"现代人听都没听过,是用玫瑰和桂花做饼皮,薄得被风一吹就没了,故名之。

"两冷碗"是果子干和杏仁豆腐。"三清茶"是龙井、梅花和佛手。"六坐庵"是落果花糕、酥排叉、糖火烧、杏仁干粮、白来红、勺子饽饽。"四香食"是野鸡爪、荠菜丝、香捞花生和八宝酱瓜。"一品粥"是糜子酸粥。"送客茶"是特级山凤乌龙茶。

我已饱到不能动了,做法和食材也没办法详细记载。吃完,再去试天津的"祥禾饽饽店",印象深刻的是他们做的"一盒酥",这个是从小听到大的典故"一人一口酥"的原型,吃得特别有感觉。

那么多样点心,好吃吗?说句良心话,我这个南方人并不像北方人那么会欣赏北方点心,饼居多,应叫为北方饼,可以参考的是他们的甜点。至于咸的,我还是觉得广东点心好吃,北京朋友绝对不会同意,这点我能理解的。

## 完美的蛋

我为鸡蛋着迷,认为这是最平凡、最低微、最谦卑的食材。当然随手拈来,越是普通的,做法越多,鸡蛋食谱千变万化,世上每一个母亲,都会用鸡蛋做出一两样让子女永远记得的菜,如果要一一记录,是件难事。

为了寻求一个完美的鸡蛋做法,我在自己的饮食节目中,凡是遇到名厨,必请他们示范一道用一只鸡蛋做的菜式,但时间到底有限,只能拍了一小部分。

节目拍不下那么多,写一本书总可以吧,自己认识的很少,只有找参考数据。这么一找,就是一柜子鸡蛋书,越看越心惊肉跳,这个任务,几乎是不可能的。鸡蛋可以配合所有食材,甜的咸的都能,做冰激凌,也要用鸡蛋。咸的从最贵的黑白松露,各种鱼子酱,到最普通的西红柿或豆芽,每一道菜都不重复。

有了菜,没有汤时,做个蛋花汤吧,最好用长葱,切段或刨丝。水一滚,将方便面剩下的汤包放进去当汤底,再把蛋打匀放进去,待再滚,就可以将葱花或葱丝倒进去,熄火,即成。

怎么把蛋黄和蛋白分开呢?从前是用两边的蛋壳,左边倒入右边,右边又倒回左边,重复又重复。当今没那么笨了,喝完矿泉水,把那个空的塑料瓶一捏，对着鸡蛋一吸，即刻可以取出蛋黄来。

到外国旅行，早餐一定有蛋，最普通的是炒蛋，英语称为Scramble Egg。Scramble这个字有捣乱或打乱的意思，每天吃这个打乱蛋，有点乏味，我一向身边带着酱油，淋上了，多吃也不生厌。

偶尔我也会吃他们的煎蛋，请厨子煎得全熟，一般太阳朝上（Sunny Side Up）是不够熟的，我会叫双面煎（Ried Over）。

欧姆蛋（Omelette）可以加很多东西，但是一放西红柿就酸，酸的东西我一向不喜欢。下青椒红椒吧？这种蔬菜最讨厌，吃完不断打嗝，一打嗝，青红椒的味道阴魂不散，真受不了。吃欧姆蛋，我只能下蘑菇，不然就是下洋葱，洋葱和鸡蛋，又是一种神奇的配搭。

家里没菜，就炒洋葱和鸡蛋，下油，把洋葱煎至发焦,甜味跑出来后就打匀鸡蛋去炒,下点鱼露,就不会觉得寡了。

别以为欧姆蛋来来去去就是那么几种,天下最厉害的,叫 Omelette Arnold Bennett(1867—1931),是个英国作家,对吃十分有研究,著作有《老夫人的故事》(Old Wives' Tale),没有多少人看过,但大家都记得他的欧姆蛋,是他住进伦敦的 Savoy Hotel 时,名厨 Jean Baptiste Virlogeux 为他做早餐,吃厌了,他要求变化,这时拿出来的他才满意地笑,从此入住时坚持必吃,也成了该酒店的首本名菜。如今厨子换了又换,如果入住之前讲好,应该还可以供应的。

材料有:2 汤匙牛油、2 汤匙面粉、1/3 杯牛奶、半杯刨碎的庞玛山芝士、1 汤匙盐、胡椒随意、5 颗鸡蛋,把其中一颗的蛋白和蛋黄分开,最后是约 170 克的鳕鱼干。

做法是：一、微火，溶一茶匙牛油。二、放入面粉，打成糊。三、慢火，调半份牛奶，拌匀后，再加其余半份。接着加半份芝士进去，搅拌至稠浆。四、把盐和胡椒放入一个蛋的蛋黄中，打匀。五、把那个蛋的蛋白打至发泡。六、用另外一个大碗，把四个蛋的蛋白和蛋黄打匀。七、把鳕鱼干撕成碎片（有的说法是要浸在牛奶中）。八、用一个大的平底锅，下一匙牛油，当牛油冒烟时把鳕鱼干煎它一煎，然后倒入蛋浆，用中火炒一分钟，表面上的蛋浆还没有凝固。九、把那半只蛋的蛋白和芝士打匀成酱。十、将锅从火中拿开，把酱涂在蛋的表面上，然后把整个锅放进已经预热的烤炉中，半分钟后拿出来，把剩下的芝士撒在蛋的表面上，再放入烤炉，烤至表面略焦。十一、把整个欧姆蛋倒在大碟上，完成。

单单看菜谱上的做法，已经把人吓跑。不过还是可以按照自己的理解去做，而且鳕鱼也比不上其他新鲜的鱼，要用烟熏过的才好，其他食材也可以按照自己的意思改变，英国名厨 Gary Rhodes 说："拿一个经典的菜谱，把它变成你自己喜欢的形式，就是了。"

说到打鸡蛋，永远只用一只手。那么小，那么可

怜的东西，还要用两只手去对付，太技穷了吧？别以为这是难事，打烂几个就学会了，到底不是什么新科技，有什么难处？而且，一用单手打开蛋壳，大师傅的风范就出来了，是多么威风的一件事。

要欣赏鸡蛋，总得亲自动手。

什么是完美？记得遇到世界名厨保罗·包古斯时，我拿出一颗蛋叫他做，他用一个瓷碟，抹上油，把蛋打进去，用一根铁钳钳住了碟子，放在火上烧熟。

他说："每一个人都有自己喜欢的熟度，你自己认为最好吃时，就是完美的鸡蛋了。"

# 为了一碗白米饭

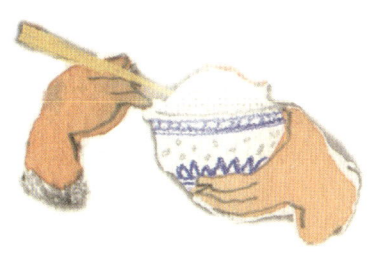

你想一想,人一生吃得最多的食物是什么?我们是中国人,当然是米饭喽!

既然吃那么多,可不可以偶尔吃碗最好的呢?

"但是最好的米,很贵呀!"有人说。

贵不贵过蒸一条好鱼?贵不贵过买一双跟着潮流,但只穿几次的鞋子或衣服?

不贵,不贵,好米一点都不贵。

而且，我们身为忙碌的香港人，多数在外边吃饭，餐厅只注重菜式，饭并不讲究，没有一家中餐厅肯给你好米吃。

什么是好米？在日本料理店炊出来，粒粒晶莹剔透，肥肥胖胖，甚是诱人，香喷喷地想吞它三大碗。那么去买日本米好了，有了这个市场，高级超市都卖日本米。

一说日本，就想到新潟的"越之光"。"越之光"有多种，要买鱼沼市，又要南鱼沼的才公认为好。其实日本各地都产米，从南部熊本的"秋胜"、福冈的"梦作"，到中部德岛的"熊井"、长野的"本岛平米"，到北部北海道的"七星"和"北海道美人"，都是数得出的名牌。

最近我常去吃螃蟹的福井县，也派人来宣传。而好米一定有好酒，用当地米酿制的 Ichihomare，要我替他们取一个汉字的名，我说直译也可，叫"一誉"。

也别以为花钱买日本米，煮出来的饭一定好吃，米也分旧米和新米，贮藏了一年，米味逊色得多，所以买日本米时，要看清楚生产日期。

日本米的煮饭技术很重要，得先用水浸20分钟再炊，电饭煲也得注意，用个便宜的就糟蹋了。友人买了一个1万多块的东芝电饭煲，我问他用什么米，回答说普通的，那么，一辈子也煲不出好饭。

世界的产米区很多，全球每年生产6亿吨米，泰国、印度尼西亚近赤道，一年可以有三造。越南更厉害，有四造，但打仗破坏了农地，反而要从邻国输入。日韩、北美、欧洲等四季分明，则只有一年一造。

意大利米也肥肥大大，很好吃，但意大利人从来不用"炊"这个字，他们是一边炒一边加水炮制出来，又加牛油又添芝士，和西班牙、葡萄牙的大平底锅饭一样，当菜吃多过当饭，硬一点没有问题，反而叫弹牙。

印度生产的米种类多，出众的是长形的 Basmati 米，用香料腌和羊肉煮后，再放进小银锅去蒸到入味，极好吃。但天天食用的话，当然还是我们中国人的白饭最佳。

说到中国米，最好的还是台湾的蓬莱米，以台东池上种出来的为佳。蓬莱米每年都举办比赛，用科学方法检验质量及营养，胜出的叫"冠军米"，一连三次得奖的是三冠米，一个叫林龙星的人种的是首选。

## 万千风味，都是人生

香港人吃的不是中国米，而以泰国米为主，泰国米有些带香气，来自柬埔寨的更有茉莉香，出名的是Happy Harvest。

老一辈人还吃香港本土米，现在仍有得卖，其中有油黏米、塱原象牙黏米、鹤薮珍珠米和二澳米，用个平底乞丐陶钵来煮，然后淋上猪油，特别美味。

我本人什么米都吃，只要好吃就行，不一定是什么地方的米，一向吃的是日本米，除了新潟南鱼沼米之外，最爱吃山形县的"艳姬"米，这个名字是我改的，买时可认定商标上有个"姬"字，而艳字来自日本字的Tsnya，可解作发光的意思，故以艳为名。当地的政府还邀请我出任品牌大使，香港的City'Super可以买到。

后来，钟楚红有一个非常爱吃白米饭的朋友，大家都昵称她为"饭桶"，好在有一位爱她的丈夫，为

她在五常买了一块农地,确实是没有施过农药的,米种也不经基因改造,选最佳水源种出再给她享用。钟楚红送了一些给我,一吃,惊为天物,原来我们中国本土的米,在比较之下,是我吃过最好的米,也就少吃日本的了。

"饭桶"送了一些给钟楚红,我们请了名家设计,用一幅印有钟楚红画像的画(由苏美璐绘),脸红红地抱着一碗白米饭,名叫"阿红大米",在网上出售。

吃过的朋友无不赞好,我们选的又是最高级的,产量极少,内地的米要输入香港又是一大问题,所以只能在网上售卖。

## 万千风味，都是人生

今年，产量增加，我们更会进一步压低价钱来卖，务求令大家都吃到最好的白米饭。

用了这种米，最佳吃法当然是淋上猪油，炮制一碗猪油捞饭来怀旧，真的是美味，但有些人怕猪油，其实用橄榄油也行，就等于是斋菜了，其香味及素质不变，但要用好酱油，"老恒和"的太油，也是我比较过所有的之后，包括日本的，是最高级的。

用个大陶钵，加肉加鱼加菜，煲出一大锅菜饭，也是一流，煲得久一点，煲出饭焦来，更诱人。

吃剩的菜，铺在饭上，就像上海人吃面时的浇头了。日本人的"丼"，也是这个道理，可以在超市买海胆、刺身、鲑鱼子等铺在上面。

来，大家吃一碗好米饭吧，贵一点就贵一点，千万别亏待自己。

# 内脏万岁

问墨尔本最佳牛扒屋的老板 Ulado 先生:"你烧的牛肝也不错,为什么不做其他的内脏?"

"想呀。"他回答,"但是我们西方人做的没有你们东方人的好。"

这句话也中肯,中国人吃内脏,是因为穷,什么都吃,不然还是大块肉好吃。动物较为聪明,你看纪录片中的豺狼和豹,先咬开肉吃内脏,它们懂得,内脏是好吃的，比肉软，味道又浓。

是的，中国人做内脏是有一套的，什么卤大肠、蒸粉肝，做得出神入化，中国人之中，台湾人吃内脏是第一位。哪里看得出来？到菜市场逛一圈就知道，猪腰、猪脑，卖得比肉还要贵。香港人从前也做得好，但如今大家为了健康，就少吃了，菜市场中卖得很便宜，有些肉贩见到熟客，还免费奉送呢。

台湾人吃内脏的水平实在很高，把酱油装进注射筒，打入猪肝的血管中，再蒸出来。他们做的麻油腰子刚刚够熟，可以吃了一碟又一碟，真是美味。

我们一看到内脏，就联想起胆固醇。倪匡兄有一次去菜市场买两斤猪肝，肉贩说："两斤胆固醇，拿去。"

胆固醇也有好和坏之分，我们吃的都是好的，人家吃的才是坏的。吃得高兴，自然产生一种激素，让身体健康，什么都变成好的了，怕这个、怕那个，一定吓出病来，癌症就产生了。

不是天天吃，也非餐餐咽进口，偶尔浅尝，为什么不去吃？

说洋人不吃内脏吗？也不是，意大利人最会吃了，一次到西西里，菜市场中有一档白焓内脏的摊子，肚呀肠呀，什么都用盐水煮熟，你要哪个部分，小贩便会切成片给你，价钱便宜得发笑。

在翡冷翠的大都堂广场，最受游客欢迎的也是那一档白煮牛肚，你如果去了一定要尝，不必我推荐。

葡萄牙人更是厉害，整个卖砵酒的波图市，到处都有西红柿煮牛肚，一家做得比另一家精彩。

虽说多吃无益，我到现在还是喜欢吃内脏，想起从前南北巷中那档猪杂汤，实在是好吃得很。先把猪肚拿出灌水，灌得发涨，中间那层脂肪已

被冲走,剩下是半透明的纤维,拿来切块,在滚汤中涮一下,撒大把珍珠花菜,加上汤中的猪腰、猪粉肠等,比什么大鱼大肉还要美味。可惜如今没有这种工夫,摊子还在的,搬到维多利亚皇后道1号的二楼熟食档,聊胜于无,我还时不时去光顾。

台湾的切仔面,其实吃的是配料,他们把内脏煮熟后这切一碟,那切一碟,也叫黑白切,胡乱切的意思。做得最好的是"卖面炎仔"这家已有80年历史的老店,开在大同区安西街106号,他们做的猪心、猪肝、猪腰都是白焯,然后就铺上姜丝,夹了一块,蘸浓厚的酱油膏,真是百吃不厌。

到香港的"陆羽茶室"去,第一样要叫的点心就是"猪膶烧卖",广东人认为"干干"声不好听,就把猪肝改为"猪膶"了,此碟"猪膶烧卖"一吃难忘,现在还可以叫到,快点去吃。

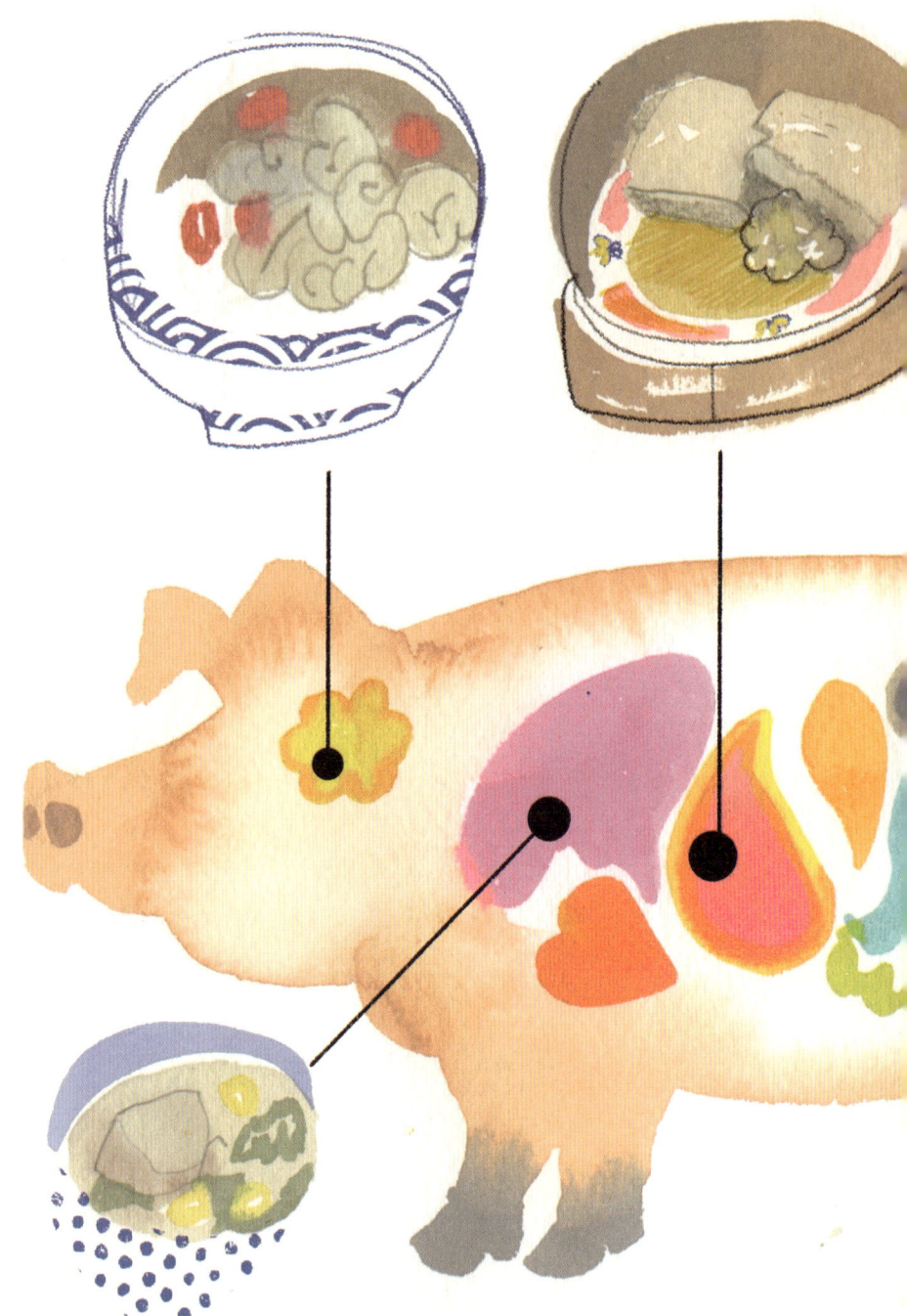

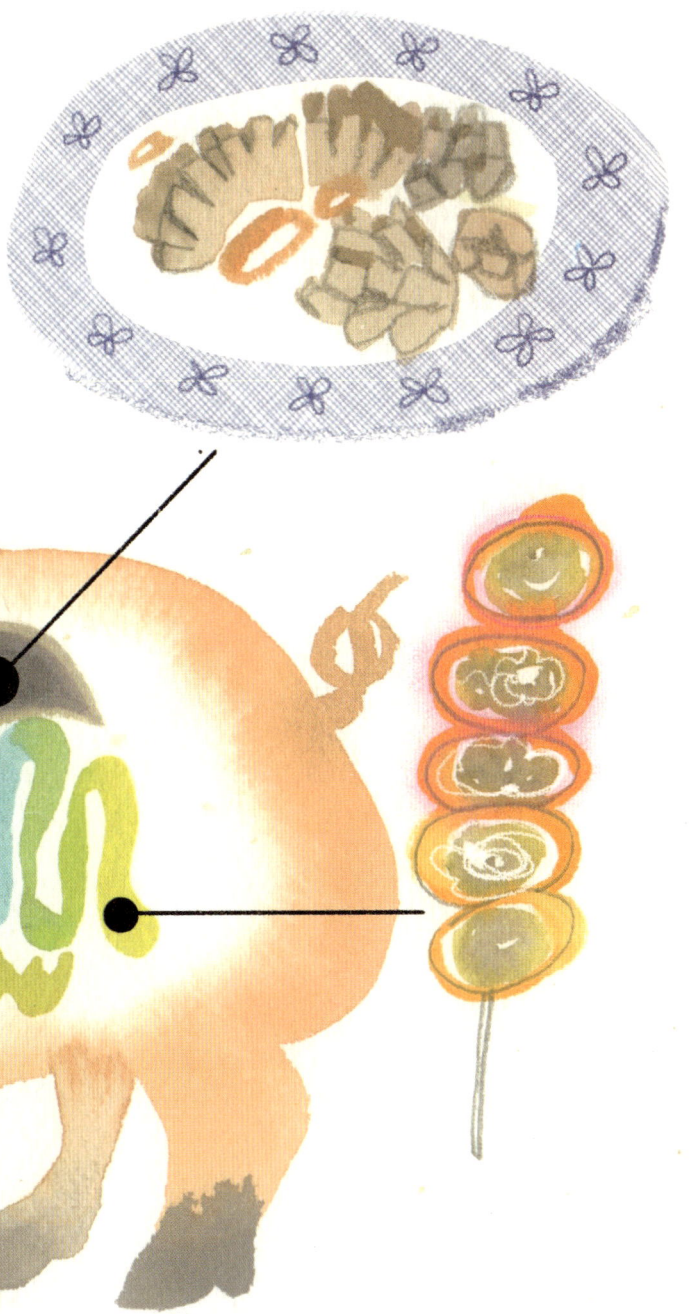

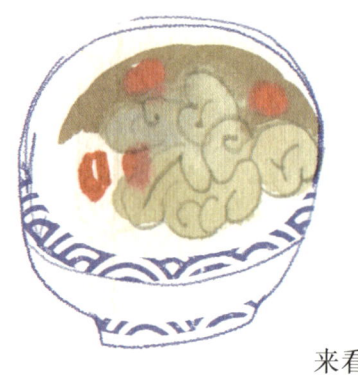

　　旺角小食档中，除了鱼蛋猪皮之外，最受欢迎的还是炸大肠，被炸得外脆内软，是仙人食物。后来看了一个食家写的文章，说猪大肠不能洗得太干净，要留一点排泄物味道，就越吃心中越发毛，看到此物，也不再去碰了。

　　只说动物内脏，不说海产的不可。鱼的内脏，大家都知道最厉害的是伊朗的鲟鱼子，从前只有5个人会腌制，当今只剩下3个了，其他地方做的都咸死人。

　　平价的鲑鱼子大家也吃得多，乌鱼子不只我国的台湾人爱吃，其实意大利人、土耳其人都喜欢，卖得当然不便宜。最毒的河豚白子，也有人敢吃，日本金泽有一家店专卖，买来试，只觉很咸，没有河豚肉的甜味。夏天鲇鱼当造，从前水清，产量不少，钓得多,吃不完,就放入冰箱冷冻,可吃一年。冷冻时先取出内脏,用面酱腌了,虽带苦,但十分美味,日本人用来佐饭,我们可以把它拿来蒸蛋,和螃蜞的礼云子有异曲同工之效。鲇鱼的鱼子腌制了叫Uruka,日本的汉字写成"鳏鯏",另名"润香"或"湿香"。鲇鱼的卵子则叫"子润香",精子叫"白润香",全部一起腌制了叫"苦润香"。"鳏鯏"是个古字,凡是用鱼肠腌制的都能叫"鳏鯏",多数是用盐腌,也有用蜜糖腌的,不知道当今还有没有人做?若有,专程走一趟去试也值得。

# 鳗鱼饭

日本料理大行其道,全世界都有,各种各样的店铺林立,最受欢迎的是寿司店,其次是拉面,天妇罗也很多人吃,但怀石料理较麻烦,所以很少人经营,其中最不受重视的是日本斋菜,称为精进料理,其实如今吃素的人多,开家日本斋馆是一盘生意。

我去日本,除了牛肉之外,最爱光顾鳗鱼专门店,在国外开的,没有一家比在日本吃到的更好。起初是不会欣赏的，因为我吃不惯带甜的菜式，鳗鱼的蒲烧，依靠很甜的酱汁，而且鳗鱼肉带着小刺，吃惯了连细骨都能咽下，刚刚接触时，是很难接受的。

蒲烧鳗鱼非常肥美甘甜，会吃上瘾来，很难罢休，现在已经越来越多人欣赏。为什么鳗鱼店在外国难经营，鳗鱼饭只能当成日本餐的一部分呢？

原因很简单，真正的鳗鱼饭，制作过程繁复，先要剖开鳗鱼，起了中间那条硬骨，再拔肉中细骨，然后把肉蒸熟，再拿去在炭上烤，一面烤一面淋上甜酱汁。一客鳗鱼饭，从下单到上桌，至少需要半个小时，中午繁忙时间客人杀到，要等多久才能吃到？

日本菜中最难掌控的是做天妇罗的技巧，是一种由生变熟的学问，表面那层皮薄如蝉翼，浸在汁中即化。要炸多久，用什么温度，全靠师傅多年累积下来的经验。劣质的天妇罗一吃即腻，皮厚得不得了，吃下去会感到胸闷的。

鳗鱼的蒲烧不同,只要有耐性,在家中也能做得好。从前在邵氏有位当日本翻译的陈先生,做得一手好鳗鱼饭,不逊于日本鳗鱼店的老师傅。

如今最难的,是找不到野生的鳗鱼,日本全国的鳗鱼店,有95%用的都是人工养殖的,剩下那少数,得去各地名店找。东京的"野田岩",是其中之一还用野生的,此店已有200年历史,早在七八十年前已到巴黎开分店,那个美好年代,法国人已学会欣赏。

其他的有"石桥""色川"和"尾花"等,"竹叶亭"是我在日本生活时经常光顾的,因为我的办公室就在京桥。京桥地铁站前面就有一家它的分店,去熟了招呼甚佳。邵逸夫前妻生前也喜爱吃鳗鱼饭,来了东

京必和她去光顾京桥的"竹叶亭"。日前乘车经过,好像已经结业了。如今最多人去的还是他们在银座大街上那家,但因不接受订座,门口不断地排长龙,各位还是去他们的本店好了,在古老的建筑物中吃鳗鱼饭,有特别的感受,而且可以订座。

地址:东京中央区银座 8-14-7

电话:+81-3-3542-0789

除了这些名店,我到日本乡郊各地旅行,也不停去找当地的鳗鱼专门店,很奇怪地,各处均有一两家屹立不倒,其他料理店一间间关门,鳗鱼店老板只要专心做,总可以做下去,并且一定有一群喜爱吃鳗鱼饭的客人,忠心耿耿地跟随。

到这些小店去,和老板们一谈起鳗鱼,绝对有说不完的话题,大家熟络了,他们会拿出一些独家

的佳肴给我吃，像鳗鱼内脏做的种种渍物，每家都不同。

蒲烧之外，当然有白烧，那是不加酱汁的，只要鳗鱼够肥大，怎么做都好吃。最普通的吃法，是把鳗鱼烧了，铺在饭上，盛饭的有长方形的漆盒，或者圆形的，如果叫"鳗重"，那就是一层饭打底，加一层鳗鱼在中间，再铺饭，最后又再铺鳗鱼。

吃时撒上山椒粉，就是我们所谓的花椒，最初吃不惯，还觉得有种肥皂的味道呢，喜欢了就不停地、大量地撒。

另外，最有味道的是那碗汤，中间有条鳗鱼的肠，吃起来苦苦的，也会吃上瘾。有些鳗鱼店还有烤鳗鱼肠可以另叫，喜欢的人吃完一碟又一碟，每碟有两三串，日本人称为Kimo，有些还连着鳗鱼的肝，更肥更美味。

如今到鳗鱼店，有些汤中已见不到鳗鱼肠了，那是因为所有的鳗鱼都是由中国进口，进口的鳗鱼，容易腐烂，肠就先丢弃了。

要是想吃鳗鱼的原味，可以到韩国去，那里还有很多野生的，又肥又大，他们通常是把肉起了，放在炭上烧，像吃烤牛肉一样，如果要吃日本式的蒲烧，在韩国也能找到一些专门店供应。

野生鳗鱼始终和养殖的不同，初试的人分辨不出，吃久了便知有天渊之别。每次提到野生鳗鱼，我都想起在外国的公园散步，湖中的鳗鱼多不胜数，洋人不会做也不敢去碰，那是多么可惜的事。我到澳大利亚，会请餐厅主人派人去抓，他们一定用他们的办法拿到，蒲烧是不会做的，但拿来红烧，也是一大享受。

养殖的鳗鱼蒲烧起来，懂得吃的人会吃出一股泥土味道，这味道来自皮下的那层脂肪，将它去掉，加上酱汁，只吃鳗鱼的肥肉，是可以接受的。友人高木崇行在新加坡经营日本料理，他说用进口的已经烤好的中国鳗鱼，把皮去掉，重新淋酱汁再烤，然后铺在饭上，是可以吃到与日本鳗鱼店相差不了多少的味道，今后我会用他的方法自行研究，看看是否能够做得出来。

# 日本早餐

在日本住上四五天,一定增加两三公斤回来,无他,白米饭香,炊出饱满的米粒,晶莹剔透,每一颗都好像在向你说:来吃我吧,来吃我吧。

日本人早上就开始吃饭,到了酒店多数有定食,侍应会问你:"御饭(Gohan)?粥(Okayu)?"这是因为外国人有些喜欢吃粥,但日本人是生病才吃粥的,非来一碗大白饭不可。

这习惯来自当时的农业社会，粥容易消化，一下子就饿，还是白饭填肚为佳。如果不在家吃，家庭主妇也会捏成饭团（Onigiri）让家人带着在路上充饥。

我自己也不介意一早来碗饭，这是因为我的奶妈也来自农家，常喂我吃饭，惯了很容易接受日本早餐那一碗饭。在乡郊旅行的话，温泉旅馆的早餐更是特色，一定要好好享受。

奉送早餐几乎是不成文的规定，白饭、味噌汤和泡菜是少不了的，从前盐腌的鲑鱼最为普通便宜，也必定配上一块烤的。这块鲑鱼旁边有一撮萝卜茸，懂得吃的会倒一点酱油在上面，泡菜虽咸，也会蘸酱油吊吊味，也许是昔日贫穷，咸一点可以下更多的饭。

丰富起来，可不得了，算了一算，虽然只有一小口一小口的，至少有三四十碟小菜，旅馆的特色，是就地取材，北海道当然是虾蟹，大阪附近牛肉居多，

到了九州岛的汤布院,也拿出河豚等最高级的食材来当早餐。

重要的还是心思,东京"安缦"的早餐装在两个精致的木盒之中,打开一看,鲑鱼也有,是一块最肥美的,连我这个不喜欢鲑鱼的人也会吃它一吃。除了那十几二十种菜之外,还有一碗味噌汤,是用高级鱼的鱼头熬制,或者是新鲜的大蛤(Hamaguri),也许是细小的浅蜊(Asari),鲜得不得了,日本人还研究说浅蜊可以解酒呢。

在长野的"千寿庵",更见细致之处,日本早餐一定有几片紫菜,通常是用透明胶纸包着,但也容易潮湿,一潮湿就不脆,这里的紫菜装进一个两层的盒中,下面有个铁制的兜,烧着一块小炭,来烘焙上层铁丝底纹的紫菜,吃时还是暖的,不得不佩服他们的用心。

自助早餐也不一定是平凡的,看住什么旅馆,北海道的"水之歌"虽是自助形式,但用料极为高级,当然有新鲜的鲑鱼卵,还有不会太咸的大片明太子,山中野菜做的泡菜种类更多,最后那碗白饭是用法国又厚又重的名牌锅做的,一人一锅,煲出来的白饭一看已知是美味非凡。

用什么锅来烧饭大有学问,典型的是用铜锅,上面有个像木屐一样的圆形木盖盖住,一炊一大锅,打开木盖已香气扑鼻,有的还不止白饭,中间加了鳗鱼、肉燥或各种野菜,就算简简单单地下些黑豆,也吸引人。

各种下饭的菜,我们最吃不惯的就是那一大颗红色的酸梅了,日本人相信这颗东西可以清肠胃,非要吃一颗来清清肚子不可,但我们始终觉得太酸。我最初接触到,是跟着家父到热海的旅馆小住,早餐也

拿出酸梅来，爸爸教我这种酸梅可以一试，那一带生产小颗的，沾上白糖吃，口感爽脆，又不太酸，吃呀吃，就吃出习惯来了。

虽然说粥是生病时吃，但去到京都的旅馆，也都供应白粥，日本人吃粥的习惯是在粥上加了一种黏糊糊的酱汁，不甜又不咸，我们还是很难接受的。

最近到东京，住的酒店多是半岛，他们的早餐不在餐厅，而是在大堂的咖啡室，叫西式早餐的多是日本客，外地人则爱点日式早餐，也极丰富，什么都有，白饭和味噌汤是任添的。

但连住几天后就觉腻，我步行到酒店后面的有乐町站，那里有一家"吉野家"，是我常光顾的。什么？跑去吃那种最大众化的铺子干什么？很多朋友批评。但是日本的"吉野家"和外地的不同，那里是用新潟的越光米，早餐虽价廉，但很高级。先叫一客定食，有一小碟牛肉、一片明太子、一碟白菜泡菜、一碗味噌汤和一碗白饭。当然不够，再叫一碟牛肉的大盛，才吃得过瘾，再来一块烧鲑鱼、一碟韩国Kimchi。把牛肉的汁倒入白饭中，这一顿便宜的早餐，吃得非常满足。

旅馆早餐除了饭菜之外，也会奉送甜品和水果，最豪华的是北海道那几家高级的，夕张蜜瓜任吃。一般的夕张蜜瓜颜色是橙黄，和静冈的绿色蜜瓜不同，而且有股怪味，但上等的夕张蜜瓜不逊静冈生产的。

怀念的是早年的帝国酒店早餐，虽然也是自助餐，但用的木瓜来自夏威夷，有一股很清香的味道，和当今水果店卖的不同。这些年来都已经变了种，大量生产，已吃不回从前的味道了。

通常的自助式早餐可以任吃，但不能打包，大阪的Ritz Carlton有一服务，如果没有时间慢慢品尝，他们可以把白饭替你加些鲑鱼或酸梅捏成饭团让你带走,非常周到。

但说到最好吃的日本早餐,当然是你在女朋友家过夜,她一早起床替你煲的一碗白饭和一碗味噌汤,至于泡菜是不是从店里买的,已不在乎了。

## 生螃蟹的承诺

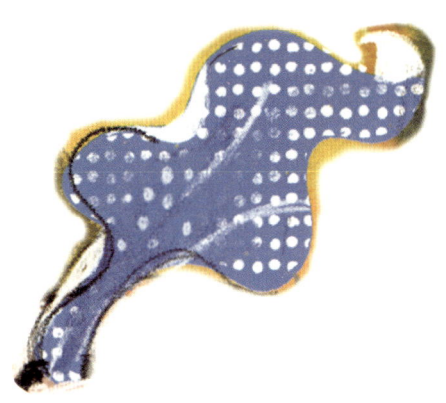

"明年秋天,螃蟹肥时,我会再来。"我向李茗茗承诺。

李茗茗是青岛出版集团旗下的新华书店董事长。2016 年,该集团为我出了一本叫《蔡澜旅行食记》的书,大家聚餐,谈起韩国首尔"大瓦房"的酱油螃蟹有多好吃,李茗茗听了不服:"我们莱州胜水镇的螃蟹,肥得不得了,也生吃,那饱满的金灿灿的蟹黄,绝对令你一吃难忘！"

"怎么做的？"我问。

"先煮好一大缸盐水，放凉。加姜片、花椒叶和花椒籽，料酒调配。把生螃蟹洗干净放进去，让螃蟹喝个醉饱，浸 5 到 10 天之后，把螃蟹拿出来，剩下的盐水再次煮沸，重新把螃蟹浸进去，就可以吃了。没试过的人看到是生的，不敢吃，但是我们莱州有句老话：家有万贯，不敢吃生螃蟹，不会吃饭。就是那么鲜美！"

秋天来到，可以出发到青岛去了。

2017 年，青岛出版社又为我印了两本新书，叫《忘不了，是因为你不想忘》《爱是一种好得不得了的病毒》，谈年轻人恋爱问题，也是万年不变的问题，永远不会过时的问题。

我和青岛出版社有缘分，最初接触的编辑部主任贺林，把书编得舒畅，印刷又精美。传媒副总经理马琪又是干劲十足，两人为我招呼得体贴，都是头脑灵活的年轻人。这回遇到了董事长孟鸣飞，才知道他怎么把整个上市集团搞得那么有声有色，孟鸣飞谈吐幽默、做事果断，很会用人，其实这类人物，干什么都会成功的。

这回去，说是宣传新书，其实主要目的还是吃、吃、吃。第一顿在集团大厦里马琪主理的 BC MIX 餐厅用餐，已开了 5 家，在建 8 家，到 2018 年年尾将开 50 家。把食物弄得很精致，中菜西上，第一道菜就是生腌螃蟹，这已是我第二次吃，马琪知我喜欢，在我去上海时托人把一大罐生腌的送给我试，我一吃觉得一味用盐水，复杂程度不够，如果能加一点点的糖，更会吊味，这次马琪依法炮制，做出来的果然出色，但是他说这还是不够正宗，要等李茗茗炮制的才能算数。

生螃蟹吃了不会拉肚子吗?有人问,做得好的,哪会?韩国首尔大瓦房已上百年了,屹立不倒,从来没出过事,青岛的当然可以照吃不误!

晚上去了人家餐厅,有煮熟的螃蟹,个头都很大,一整盘有十多只,李先生的父亲写过一篇莱州蟹的文章,说吃蟹也有禁忌:不宜饮茶,否则会冲淡胃酸,导致蟹肉的某些成分凝固,很可能引致腹痛、腹泻的。我哪管得了那么多,一杯杯浓得似墨的普洱滑进肚中,果然喝出毛病来,后悔当晚为什么不饮茅台。

一晚没有睡好,我也无怨言,自知我这个大吃大喝的人,杀生甚多,几年一次来个肠胃大清理,也是好事,不过,还是小心一点好。

工作人员看我不舒服,大为紧张,我摇头说不要紧不要紧,照样通宵把拿到酒店的那几大箱书签完，加上在会场签名的，贺林说有2000本。

出版社已把我写过的东西交给网上做录音书，我一向推广这种听声的阅读方式，美国已经每出一本畅销书必同时推出有声书，像这回我在沿途中，已把Dan Brown最新一本 *Origin* 听完，录音书的市场很大，绝不容忽视，青岛出版社的触觉敏锐，已在这方面着手。

是日午饭安排在青岛一家叫"船歌鱼水饺"的店里吃，派出国宝级的面食大师王桂云来陪我，亲手包各种水饺，肚子有点毛病吃水饺最好了。

第一道上的就令我惊喜，一个碗装着用山药煮的两种水饺，一吃之下，才知道水饺可以吃甜的，包着的是山楂和山东出名的莱阳梨，非常特别。

再下来是黄花鱼水饺、黑颜色的墨鱼水饺、鲅鱼水饺、三鲜蛎虾水饺，另外有种一年只卖45天的海胆

水饺，也给我碰上了。但是不客气地说一句，海胆生吃才有味道，不然便是炸天妇罗式的，外熟内生的，煮得全熟的海胆水饺，没什么吃头。

最后的甜品水饺是榴梿水饺和菠萝水饺，前者我常吃，后者我不喜欢。其实水饺馅也不必为了特别而特别，中间忽然出现一道又红又绿的，原来是用青瓜和胡萝卜包的，在色彩上取变化，也刺激了味觉，才是平凡中见功力。

除了水饺，就是李茗茗特地从莱州替我腌好的生螃蟹，一大碟生的和一大碟煮熟的，每碟十多只，放得满满的，上桌时颇有气势。把生螃蟹剥开，里面的膏充满整个壳，又金又黄又红，那种诱人的视觉，是不可抗拒的，完全是李茗茗花的心思。

"来一点吧，来一点吧。"李茗茗说。

但是想起自己前一晚双手掩着肚子的痛苦，说什么也不敢再碰。本来死就死，吃了再算数的，但是接下来又要乘两个多钟头的高铁去济南再签一场书会，如果吃了影响工作还是不当的。

我看着李茗茗，再次向她承诺："明年秋天，螃蟹肥时，我会再来。"

## 湿疹经验

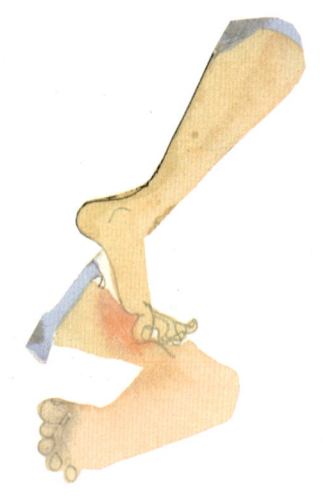

　　大概在 10 年前吧，有一天发现小腿有一处奇痒。最初是一小粒红斑，越抓越大。好了，好了，不可以再抓了，否则整条小腿便要作废，心里已经恐慌。

　　白天，痒了也忍下去，绝对不抓，这种痛苦是难当的，为了防止进一步的恶化，忍也值得。

　　但是，红斑还是大了起来，为什么？已经忍着不抓了，为什么还是这样？原来，晚上做梦时抓。

别乱来了,去看医生吧,这种病症去什么专科?当然是皮肤科了。

西医一诊断,说你最近一定坐飞机坐多了!真是神奇,这一段时间,的确不停地飞。和坐飞机有关系吗?有的,飞机上的干燥度比一般的要高出几倍来,皮肤一干燥,湿疹就产生了。

顺便问一句,这种中国人所谓的湿疹,英文名字是什么? Eczema!好像是科幻电影的名字。

怎么医?回答说皮肤干燥,就得涂润湿膏呀!好,好,什么样的膏,有一种叫 Orion 的,White Soft Paraffin 50%,Liquid Paraffin 50%,中国名字一半一半,最润滑了。

拼命地涂,拼命地搽,也不知有效无效。

奇痒起来,有没有涂在患处的特效药,很强力的?有,医生说,但这种药膏一般都会有类固醇,越涂皮肤会越薄的!

管他那么多,痒起来就得涂!用中指沾了药膏,往患处搽,搽呀搽。有一天发现中指沾到水,也有一点刺痛,原来中指的皮肤变薄了。

停止,停止。

会不会那50%的药膏不够湿润呢?医生说,有一种最厉害的,我们行内称它猪油膏。猪油膏?妙呀,我最喜欢猪油了。

一大罐一大罐搽完又搽,但一点进步也没有,患处也越来越扩张了。

怎么办才好?医生也说不出所以然来。忍了又忍,过了好几年"忍者小灵精"的生活。

这不是办法呀,总得另寻名医了,医生换了一个又一个,同样是以猪油膏处理。

一位朋友说,他以前也有这种病,绝对不是皮肤

干燥那么简单,他介绍我去看另外一个医生。当然去了,医生一看:"这是过敏症呀!"

这句话一听,像看到曙光,但怎么医呢?医生在我背上这里一点,那里一点,点了几十处疫苗,看了反应,发现了我过敏的东西有几十种,其中一种,竟是马毛!

怪不得,我家那张全球最贵的床,铺的就是马毛,这是最高级的,马毛床垫,才能通风呀!

把那张价值不菲的垫子丢掉,也依照医生所嘱咐,戒吃这样,戒吃那样,简直比痕痒更加痛苦。不过,病情还是一天比一天严重了。

这位医生很有心,就是停止处方类固醇药膏,换了一种,可以止痒,皮肤不会变薄,也一直涂了上去,但病情没有好转。

## 万千风味，都是人生

"还是转看中医吧！"大陆友人说。

介绍了一位，诊所里面挤满了病人，真是可以信任了吧，不然怎么有那么多人排队？

还好是经过特别安排预约，不必等那么久，但也得花上整个小时，医生一看："浸黑豆水就好！"

拿了一大袋药，另有几斤黑豆，回家煮滚了，浸脚。

"怎么可能呢？"心里嘀咕，还是照泡，泡了几次没有特别的反应，心淡了，也就不泡了。

这么拉拉扯扯，几年又过去，我是一个快乐人，但这个毛病令我烦躁不安，生活质量越来越低。

最后，想起了来自台湾的一个好朋友，很多奇难杂症都被他治好，尤其是癌症后期,他都有办法治。

即刻找上门去,医生替我把了脉,连患处也不必观察,向我说:"这种小病,不必我来医,小女儿跟了我多年,由她去应付好了。"

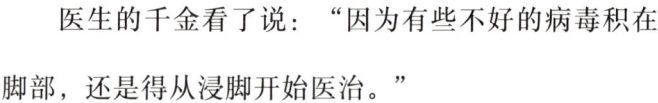

医生的千金看了说:"因为有些不好的病毒积在脚部,还是得从浸脚开始医治。"

其他人的话不必听,医生千金的话一定要照做,乖乖地每天用热水浸脚,果然,一有恒心,患处没有那么痒了。又看到一则偏方,说要用死海的盐来浸,也加了料,医生一听,骂道:"用盐无妨,也不必去买那么贵的死海盐。"

患处已有逐渐复原的迹象,但是没有断尾根治,千金又配了一些药物给我,早两匙晚两匙,服后拉肚子拉个不停,又去问,她说:"清掉一些毒,是好事。"

吃了一星期后,减成早晚一匙,看患处,已慢慢转干,湿疹逐渐消除,实在是一大奇迹,谢天谢地,要是早来找她就不必受那么多的痛苦,但回头一想,可能是我吃肉太多,杀生太多,得到的报应吧。

# JOE YOUNG

昨晚做了一个梦。

在美国无穷尽的公路上,我一人驾车,这么一上路,也已经几个月,摸摸须根,拨开遮眼的长发,是时候整理一下了。

在一个小镇停下,看到一个招牌,写着"布朗理发室",就走了进去。你猜对了,开门来迎接的,除了查理·布朗还有谁?

秃了头，脸显得更圆，像月亮，屈指一算，查理也应该70多岁，依然独自守着这一家父亲留下的店铺，很尴尬地说："你知道的，我做什么都不成功，这是我唯一做得好的职业。"

室内一切不变，陈旧，但还是打扫得干干净净，我坐在理发椅上，向查理说："剪短，刮个胡子。"

查理点头，戴上了老花眼镜，开始理发："我认得你，你是一个香港的写作人，20年前你还写过一篇关于我们的文章，叫《长大了》，我有一个中国客人剪了给我，并翻译成英文，写得很好，一切都照你预料的发生了。"

"太太好吗？"我问。

"玛西很好，她现在还在镇里的学校教书。"

我知道他和红头发女孩不会开花结果，而最忠心，一直暗恋着他的，只有那个四眼的玛西。接着问："薄荷·佩

蒂呢?"

"她一直没有嫁人,在乡下买了一个农场,养一些鸡和羊,自得其乐,每天不必早起,日子也过得不错。"

"露西呢?"

"她终于嫁给了舒路特,随着他到世界各地演奏。"

"怎么可能?舒路特一直觉得她不学无术,忍受不了她的。"我惊讶。

"世上的事就是这么奇妙。"查理娓娓道来,"音乐家很难相处,生命是孤独的,也只有露西缠着他。有一次他生了大病,露西日夜照顾,最后感动了他。娶她之前,和她约法三章:在他弹琴时,不准她走进房间,露西当然答应了。"

"露西弟弟莱纳斯呢?"

"他在大学当教授,女学生挤满教室,很受欢迎,但提到南瓜大帝,大家都跑了。"

"有没有结婚?"

查理摇头:"只有女朋友,我妹妹莎莉还一直等着他。"

"范彼特家最小的弟弟呢?"

"当了 Hip-Hop 歌手,很出名的。"

"说到范彼特家,不得不提另一个成员:莱纳斯,还有那张被单。"

查理苦笑:"早就拖地拖到不见了,最后我用剪头发的剪刀把剩下的那一小块剪下来,莱纳斯把它放进钱包里面,日夜陪伴。"

"当然要问候史努比。"

"他呀,"查理说,"还是住在木屋里面,我到现在还是每天把东西放在那水碟里面送给他吃。"

"他的未婚妻呢？叫什么名字，我记不起来。"

"老舒特从来没有给过她一个名字。"

"四方格的漫画中没有，但是电视漫画给过一个名字，叫姬妮芙，是一只人尽可夫的狗。你还记得有一次薄荷·佩蒂叫史努比去帮她看家吗？史努比去了，在草丛中看到一对眼睛，史努比跟着这对眼睛，结果找到了这只鬈毛的雌狗，可爱极了，马上和她订婚，但在婚礼那天，她却跟着史努比的哥哥史帕克私奔了。一个星期后，史努比接到史帕克的一封信，说姬妮芙也出卖了他，跟一只野狗跑了。电视版本中，她跟的不是野狗，而是一只金毛寻回犬。"

"不过我记得史努比还有一个想结婚的，和他同一个种，是只 Beable 小猎犬，出现在 1965 年 1 月 25 日的漫画里，是因为

你反对，才结不成婚的。"

查理抗议："我向他说如果他非娶不可，我也赞成呀，史努比听了还抱着我痛哭呢。"

"对了，对了，最后是因为她的爸爸不让她嫁一只没有在训练所毕业的狗。"我说，"可怜的史努比，他现在很孤单吧？"

"才不呢。"查理说，"他有情人胡士托陪伴呀。"

"什么？他的小秘书？那不是同性恋了吗？虽然一只是鸟，一只是狗。"我叫了起来。

查理解释："胡士托其实是女的，作者舒特也有过一个秘书情人，不过当年美国乡郊和城市的道德观念还是很保守，舒特只寄情在史努比身上来描写两人之间的感情，并且把胡士托改成一只雄性的鸟。"

"原来如此。"我说。想了一想，是有点道理的。

"嘭、嘭、嘭"，原来是史努比来踢门，催促查理拿东西给他吃。看样子一点也不老,如果按狗的年龄,算起来要比人类大得多。

"漫画人物真是好,没有老过。舒特虽然去世,但那四格漫画,每天还在《纽约先驱报》刊登,培养年轻读者,让老读者不断地怀旧。"我感叹。

这时,史努比的头上出现了格子,格子里面写的是:"不会老的,是心态。"

接着我又跟在史努比后面去跳舞,他的样子没有老,但衣着是随便了,把T恤衫穿反了,字句写着:"祖,年轻(JOE YOUNG)"。

## 厕所文学

我出版过的书,30多年以来,加一加,有200本吧。这不是因为我多产,而是写了很多个专栏,结集成书。我从来没有为出书而写书,香港的出版业,版税低得可怜,如果我不把出书当副业,我这个花钱怪,早就饿死了。

日本不同,版税高,印的数量又多,英美等国更是厉害,如果我是当地的作家,也有一阵子可花。

一次邹文怀先生走进我的办公室，看到我架子上那么多书，笑道："如果你的书在日本出版，你可以不用拍电影了。"

我也笑着回答："如果我在新加坡出，恐怕要自掏腰包，但是好彩，好彩，如果我在柬埔寨出，早就被送到战场杀戮了。"

回想一下，我的运气的确很好，干电影时遇到电影的黄金时代，出书时也遇到出版业的黄金时代。如今，俱往矣。

有人问我："电影干了那么多年，为什么不继续拍下去，你说的黄金时代已过，但是如今大陆的戏，一卖钱就是几十亿呀！"

此言不虚，但大都是举成功的例子，真正卖座的没多少部，成为炮灰的还是居多。我还是喜欢电影的，每天还在看影碟或网上下载，但是我对电影制作

## 万千风味，都是人生

已经厌倦，我不喜欢看到某某人作品这几个字，一部电影如果看到尾声，那工作人员表不停地播放，一直要10分钟以上，成千上万的团队作业，怎能称是某某人作品呢？出书不同，虽然有出版商、编辑、印刷等，但一本书，写上某某人作品，是天公地道的。

蔡澜的书，多数是香港天地图书出版的，他们捧场，我也算是能够卖得出的。如今他们的书店里，有一个专柜，摆着的，全是我的书，当然，还是比不上亦舒的。

最早一本，叫《蔡澜的缘》，是博益出版社出版的，博益倒闭之后，我把版权要回来，交还给天地重新出版，才算完整。

早期在天地出版的书，都是以4个字为题，这4个字，和书的内容完全没有关系，像《草草不工》《不过尔尔》等，后来又用有画面的4字为题，像

《客窗闲话》《醉乡漫步》《雨后斜阳》等，都是我的父亲题的字，我一直爱老人家的字，后来家父逝世，才由我自己来题。不过我很欣赏宋体的，也请出版社用古宋体来排，像《吾爱梦工场》等，都不是用书法为题了。

有些是集家父的字来出版的，像一系列的《一乐也》《一趣也》和《一妙也》，集了家父的字，只换了一二三四五六七八九十，就是了。

大陆的简体字版书，最初只是盗版，也不知道卖了多少本，到现在在签书会上还是有很多读者拿盗版书给我签名，最初我不肯，后来这些书也成为绝版，签就签吧，感谢读者们还保留到现在。

内地出版业渐渐有了规模，肯给我一点点版税，原先是在广东一带出版，乱七八糟地把几本书合成一本（内地的书要厚一点，香港的180页左右，内地的

# 万千风味，都是人生

有三四百页，而且字排得密密麻麻）。

近年来，上海、北京、山东青岛等地都出版我的简体字版书，印刷和排版越来越精美。最先有陈子善先生编的，山东画报出版社出版的，非常用心，我很感激他们，尤其是该社的高层徐峙立。

销路应该是不错的，从此不断地有出版社来商谈，我也来者不拒，继续让他们出版。

"出来出去，有些重复了，版权没有问题吗？可以一卖再卖吗？"有人问。

我写的都是散文，只要重新编辑过，而不是把别人编好的原原本本搬过来，就没有问题了。有些外国作家

写了一二百篇散文，也被编为几十本书，散文就有那么一种好处，小说就不行了。

最近，三联出版社要成系统地出书，其他的都是别人编的，他们要我自己编，叫作《蔡澜作品自选集》，四本一套，在书脊上合起来，就可以看到一个"蔡"字，如今出到"作"字，希望今后还可以继续下去。

多数出版社都多印一张白页，好让我为读者签名，还有一个毛病，就是爱用腰封，我对腰封这件事极为反感，书一到手，第一件事都是先扔掉它，成本高了，又浪费纸张，很不环保，说了不听，今后和他们签合同时，列明如果没有白页或乱加腰封，下次就加版税，一定可以杜绝，哈哈。

台湾方面也出了一些，到底我的书是不适合他们胃口的，曾经送了一些给我的亲戚，他们看完都来问我:"是不是真的?"

真不真有什么要紧,好不好看才能卖钱嘛。

日本方面,也出版了几本饮食指南的书。月前角川也来商讨,我把《一乐也》《一趣也》《一妙也》那30本交给他们去选,把他们吓了一大跳。

有个记者来访问:"你的书不是严肃文学,也不是流行文学,要归类在哪一种?"

我笑着说:"放在洗手间里,一次看一篇,吃了泰国菜、韩国菜之后,可看两篇,称为厕所文学好了。"

# 听书者

青岛出版社刚刚为我出了两本书,《忘不了,是因为你不想忘》和《爱是一种好得不得了的病毒》,编辑贺林十分用心,请了一流设计师设计封面,用最好的纸,十分感谢。

受他邀请,出席了上海书展,位于上海展览馆。这座大厦建于1955年,所谓的俄罗斯古典主义建筑风格,丑得不得了,像蛋糕多过像建筑物。但是看到入场的年轻人在雨中一圈圈地排队,还要买门票入场,非常感动。不管电子书将会多发达，纸质书永远不会被替代，爱书者将一代代地传下去；只要接触过一次书香，便永远地忘怀不了。

会场挤满了人，所展书籍多不胜数。我走了一圈，就是没有看到录音书的摊位，要是在英美的话，这类出版物会占据一个位置。根据2016年的数据，总销量是64亿美元，畅销书一出版，必有一本有声书跟着，这个市场，绝对不容忽略。

谁会买录音书呢？绝大部分是一班花时间在路上的人，与其听那些没有用处的咿咿哎哎流行曲，还是录音书得益。

我在多年前已经上了听书的瘾，它已成为我旅行时不可或缺的伴侣，车上看书会头晕，听书最为舒适。如今我临睡之前也一定听书，像妈妈说故事给孩子听一样，听呀听，就入睡了，这是多么美妙的一种感觉!

最初是买CD听,经过外国书店必进去找,大型书店必有一些专柜出售各种各样的录音书,从小说到传记,还有各类的幽默小品,都能轻轻松松听完。美国有一个网站叫Audible,不妨试听。

偶尔也听一些经典的文学著作,像《堂吉诃德》和《罪与罚》等,但始终喜欢侦探小说,由福尔摩斯听起,到老太太克丽丝蒂,听完又重听,百听不厌。发现最近写得好的是Jo Nesbo,他的《雪人》也快被拍成电影。另外,层次没那么高的有Daniel Silva一连串的杀手故事,这位作者还没有受到好莱坞的重视,但今后也一定会像"007"一样一集集拍下去。

《罪与罚》和Daniel Silva作品都是同一个人读的,此君叫George Guidall,已被誉为录音书帝王,他一共读了1300本书,都读得令人着迷,有些听者还不顾书的作者是谁，走进书店或图书馆说："给我一本 George Guidall 读的书！"

Guidall 也相当会自嘲，他说有人告诉他：我老婆认为你的声音很性感，现在遇到了你，就不必担心了。

在 2017 年已经 79 岁的他，平均要花 3 至 4 天才可以录完一本书，他说最好是不必见到作者，否则会给他种种限制。选什么作品来读呢？他有原则的，太注重色情与暴力的不适合他的"胃口"，他有绝对的选择权。

"我不过是一个演绎者，但在读一本书时，我就变成了这位作家，尽量把书和听者的距离拉近，但我也知道我自己的地位，我不过是一只寄居蟹，躲在人家的幻想里面。"他说。

"读一本书不是大声念出来就行，各种人物有各种声音，有时一本书里有几十个人物，有时要变男的，有时要变女的。最近我听说有一间诊所，专门教

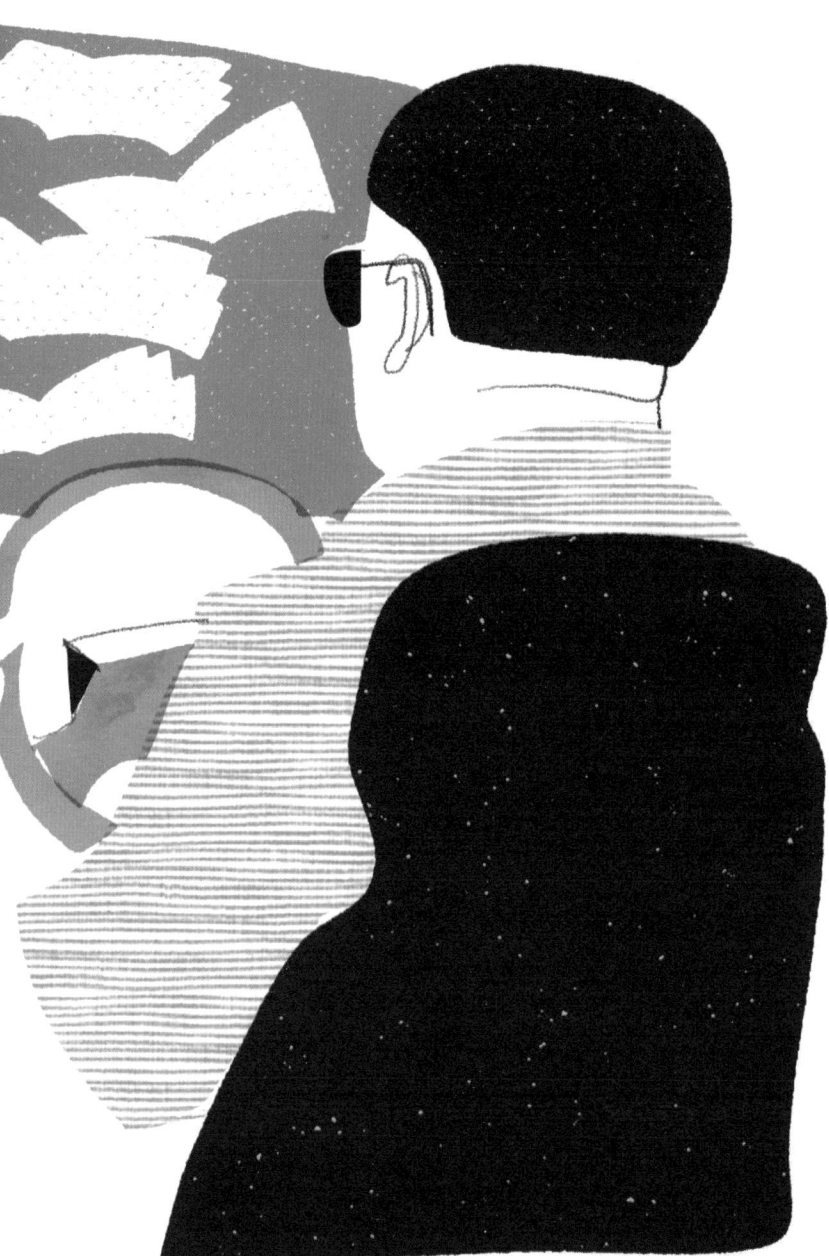

那些男的变性人,怎么去说话更像一个女人,我真想去上几堂课呢。"他幽默地说,"在我的录音间里我放着一双红色的女人鞋,录音时穿了上去,看看会不会女性化一点。"

最近听的,是一连串的《警察厅长布诺》,由一个叫Martin Walker的英国人写的法国乡村的侦探小说,结合了悬疑和美食,人物十分可爱,一听就不能罢休。

我们在香港曾努力推广录音书,但都不成气候,在内地,出版商的第一个反应是:"投资了那么多钱,会不会被人一下子盗版?"

当今,防盗版的技术已越来越进步,做得最有规模的是《金庸听书》,可以一本本买,或者一整套买,我早已购入,重温各部金庸小说。可惜听起来没有外国的录音书那么顺畅,但这只是小疵,大毛病是临睡前一听,就不想睡觉了。

## 万千风味，都是人生

趁着这次的书展，又与山东出版社聊起出录音书的事，这是一个很年轻又很努力的机构，曾经请人念一些我的书给我试听，但选的声音都很苍老，与我的轻松内容有点距离，这次他们说要重新组织一下。

怎么出呢？我建议外表和原著一样，打开了就是一张CD和一本书，要看要听都行，如果对录音书没有兴趣，也可以当成买一本书送一张录音CD作为赠品，不妨尝试。我一直说："肯试，成功的概率是百分之五十；不试，成功的概率是零。"

目前，录音书有兴起的迹象，大陆一个叫"喜马拉雅"的网站已有很多人听。肯开始，就已经是踏出第一步了，希望这个市场能日渐成熟，也是爱书人的另外一个途径，好事一桩。

# 东京二十四小时

我写的东西，角川书店已经说好要出日文版，由哪一个人翻译，一直没有决定，虽然我心中有数，但尊重出版社编辑的意见。

我的人选叫新井一二三。新井，日语念 ARAI，而一二三不是 ICHI NI SAN，读成 HIFUMI，最初接触到她的文字是在《九十年代》那本杂志，惊叹一个日本人可以把中文运用得那么好。

## 万千风味，都是人生

一二三这名字可男可女，经李怡兄介绍，才知道是位女青年，当年是亚洲杂志的特派员，认识后交谈甚欢，有时用中文，有时用日语交谈，像电视上的两声道，我还一直推荐她为金庸作品当翻译，但没谈成。

多年来一直读她的散文，在这里那里的书店买了她的著作。香港回归后她便回日本了，中间她用中文写了几十本书，我看到了必买回来读，我们的友情好像没有间断过。

这次去东京，就是为了见她，因为出版社终于决定把我的书交给她翻译。手头上没有她的电话，但飞去了再说，抵埗后先和编辑刘部谦一见了面，由他去打听。

利用空当，我去买茶，近来除了普洱之外，重新喝上玉露，而我最初喝的是京都一保堂的产品，这家店在东京车站附近也有分店，就赶了过去。

玉露也分等级，最好的叫天下第一。店内也设饮茶处，用个铁瓶煮水，木勺盛出。玉露不能用滚水冲泡，得经另一个叫 OYUZAME 的茶器放凉。冲出来的茶，与其说茶，不如叫汤，味道真的像汤一样浓厚，非常非常好喝，我的习惯，是用冷水浸泡，又是另一番滋味。

地址：东京千代田区丸之内 3-1-1

电话：+81-3-6212-0202

网址：http://www.ippodo-tea.co.jp/shop/marunouchi-tokyo.html

半岛酒店客满，在帝国下榻，这家已经有 10 年以上没住过。走了进去，一些客务经理还认得我，虽然新酒店林立，但是帝国这位老太太还是那么优雅，上楼的电梯两排，就是 8 架，有美女专员招呼，

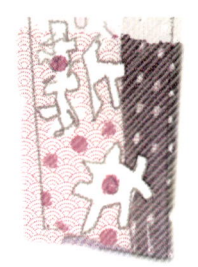

记忆力特强，也不像曼谷的文华东方那样叫出新客的名字，但是见过几次面后，你要上几楼，她已偷偷地替你按上。

房间一点也不陈旧，用料好的缘故，还是那么宽敞，设备齐全，但是记得要住旧馆，新馆小得像DAI-ICHI HOTEL，不推荐。

新井一二三还没联络上，开始有点焦急，但焦急也没用，还是吃东西去。如今香港什么日本料理都有，尤其是寿司，比日本的更新鲜，此话怎么说？日本店一星期进货两至三次，香港的从东京、北海道、九州岛等地进货，除了星期日那边休息之外，每天都空运而来。

但是，香港做不好的是鳗鱼店，下单之后才慢慢烤出来的细功，香港这种贵租和极速的生活节奏是接受不来的，所以到了日本，一定得吃鳗鱼饭。

万千风味，都是人生

本来想去"野田岩"的，但不一定有位，还是将就在银座附近找吧。"竹叶亭"是我从前常去的，银座大街上有一家，但已被内地人占领，要排长龙。去竹叶亭我喜欢的是老店，一间躲在小巷中的日式建筑里，甚有古风，而且房间可以订位，我们两人去，几乎把店里卖的所有东西都叫齐，吃一个过瘾。

地址：东京都中央区银座 8-14-7

电话：+81-3- 3542-0789

网址：https://tabelog.com/tw/tokyo/A1313/A131301/13002338/

终于找到新井了，但她走不开，我说只有今天有空了，你在哪里我去哪里，见 30 分钟就够。这一讲可厉害了，新井住在国立，虽位置在东京都，但在边上，远也。

刚好是放工时段,刘部说塞车塞得厉害,还是坐电车去吧。我已经好久没坐电车了,也好,天又下着大雨,到东京之后没有间断过,车站有盖,电车就电车吧。国立站在中央线,我们从东京站出发,就算是快速的,也要坐上差不多一小时。

打着伞,去了一家她习惯去的咖啡店,一见面,两人拥抱,她的样子还没有怎么变。

"已经 20 年了,"她说,"我的两个小孩回到东京才生的,大的已经念大学,小的也快了。"

是的,已经 20 年,她回国后就没去过香港,虽然还时常去大陆演讲。当今她拥有许多读者,所写的关于日本的书,都很有深度,不像我那些那么游戏。

"你要我怎么翻译?"她问。

我说:"随你,要改的地方就改,完全不必一字字地照着原著,我对那些要求忠于原著的作家有点反

## 万千风味，都是人生

感，我要求的，是我故事上的轻松和感觉，一共有 30 本书，全部交给你处理。"

"怎么选？"

"我已经把自己喜欢的做上记号，你也不必按照那些去翻，以日本读者的眼光去选好了，但要有趣的。书，只有好看和不好看的分别，你认为不好看的，全删。"新井点头。

再次拥抱，回程不坐电车了，直接乘的士回到帝国，不塞车，也很快就到，一共 2 万多日元。

事情办完，我翌日一早就返港，准备去北京书店开书法展。精神上，轻松了许多。

# 家庭主妇一二三

新井一二三和我有不少共同的地方,两人都写散文,大家都可以用英日汉三国语言书写,她流浪过的国家,我也走遍,唯有她对日本的介绍,比我深刻得多。

另外有一个奇妙的缘,我留学时住在新宿柏木,往前走是大久保车站,向后走,就是新井小时候住的

## 万千风味，都是人生

东中野，她家里开的"朝日鮨"寿司店我常光顾，也许当年年幼的小女孩在店里玩耍，就是她也说不定。

这次见面，她送了我两本中文书，一本叫《你所不知道的日本名词故事》，另一本叫《我和中文谈恋爱》，中间提到的朋友，也有些是我认识的，缘分这件事，牵来牵去。

这本书的腰封，有我写的一句话："会说中国话的日本人不少，但能说能写，而且写得好的，只有罕见的新井一二三。"

该书的出版社要引用我的话，并没有征求过我的同意，我当然不在乎，而且感到十分荣幸。封面上有"樱祭""乌贼素面""文化祭""忘年会""隐家""节分""恶妻""御灵信仰""花见"等名词，内容更有诸多描述，是研究日本文化极佳的参考书，相信很多读者都有兴趣，前作《你所不知道的日本名词故事》大卖,所以有了这本书。

正如序上所言,作者常有机会认识来日本暂居的外国人,很多是留学生、访问学者等,一般能操流利的日语,对日本文化的造诣也不算浅。然而,跟他们聊天,却不能不发觉,他们对日本生活的真实细节并不熟悉。

对的,文化之神宿在语言细节上,这句话是欧洲建筑家讲的。对细节的留意,新井和我一样,都有兴趣。我的写作数据源都出于细节上,也许是因为我一直研究篆刻,想在方寸上找出变化。

新井的文笔也非常有趣,在《秋刀鱼皿》一篇中,她描述的并非秋刀鱼,而是盛着它的盘子,就像世界著名的日本导演小津安二郎,生前最后一部作品叫《秋刀鱼之味》,其实影片里没有出现秋刀鱼,片名指的是家常便饭。

文章里也透露着新井的日常生活,她除了白天到明治大学教书,晚上写稿之外,还要照顾家庭的起居,得去买菜做饭,看到秋刀鱼的价格还是甚贵时,自言自语地说:"再等一会儿,量多价低了再买来吃也来得及。"可见一个家庭主妇处处得以俭省的行为,在日本,生活并不好过。

对盛着秋刀鱼的盘子,新井有仔细的描绘,形状一定是长方形,拿尺一量,尺寸有11厘米宽,29厘米长。她家里的一种,就有所谓的"青海波"花纹,乃由三重扇形的无限反复来表现海浪景色的,从中国唐代传到日本的一种雅乐舞蹈叫作"青海波",记录在世界最古老的长篇小说《源氏物语》里面。

从一个盘子,她能引述到历史,引述到文化,都是别人做不到的细节上的观察,也纠正了"青海波"的名称跟中国青海省无关,其实这种图案源自波斯里海地区。更进一步,她研究了日本盘碟和西方的区别,日本人爱用多种不同形状的餐具,有正方形、长方形、椭圆形、扇形、木叶形、半月形、葫芦形等。一个人吃一顿饭加起来就很多种,为有效地放在有限的空间里,最好是多用长方形碟子,比方说,头尾俱全长达35厘米的秋刀鱼,如果放在直径35厘米的圆形盘子上,所占的面积是962平方厘米,但是用29厘米长,11厘米宽的"秋刀鱼皿",只需要319平方厘米,连圆形的三分之一都不到,你看多合理。

从一个碟子,研究出那么多历史和学问,也亏得新井一二三写得出!

新井如今居住的国立,是东京都内的一个城市,因为周围大学多,也被称为文化都市,她先生是写神怪小说的,虽然先生出生在大阪一带的关西,而新井是地道的东京人,属于关东,为了和平共处,早已下了规定,从不干扰各自的生活习惯,对吃东西,也不说哪里的好吃,哪里的难吃,新井说:"只要双方妥协,生活还是过得圆满的。"

至于新井家经营的"朝日鮨",今天当然已不存在,记得是一间木造的建筑,横开了琉璃门后进入,有个寿司柜台,柜台上面是玻璃柜子,放着各种鱼生,而大厨则对着客人站立,客人点什么就拎什么出来,没有店长发办的OMAKASE,如果要什么都有的,那么叫木漆大圆盘的,分松、竹、梅3个等级,价钱也由便宜到贵。还记得桌子前面有一水槽,上面有水管,水管有很多洞,不断地流出水来,客人都不用筷子,用手抓来吃,吃前用水管流出来的水洗洗手。

## 万千风味，都是人生

当然也看不到鲑鱼，新井和我对很多事物的看法是一样的，唯有鲑鱼不同，我是绝对不吃生的，但新井说一般的老百姓还是吃的，由日本人养殖，卫生上有保障，到百货公司或乡下寿司店，还摆在主要位子上，这也是在日本做家庭主妇养成的观点吧。

我不吃鲑鱼刺身，与新派和老派有关，与价钱无关，新派人吃，老派人不吃，我属于老派。

# 蔡澜行草展

对荣宝斋的印象,来自儿时家中的木版水印画,与真迹毫无分别,另外家父藏的许多信笺,都是齐白石为荣宝斋画完印出,精美万分。

首回踏足北京,第一件事就是到琉璃厂的荣宝斋参观,感到非常亲切,像回到家里一样。从此去了北京无数次,一有空闲,必访。有一年适逢冬天,在荣宝斋外面看到一位老人卖煨地瓜,皮漏出蜜来,即要了一个,甜到现在还忘不了。

## 万千风味，都是人生

家里许多文具，都在荣宝斋购买，尤其是印泥，荣宝斋的鲜红，是其他地方找不到的。当然还有笔墨、宣纸等，每到一次，必一大箱一大箱买回来。

荣宝斋最著名的，还是它的木版水印，我参观过整个过程，惊叹其工艺之精致，巅峰的《韩熙载夜宴图》，用了1667套木版，花了8年工夫，前后长达20年才完成，是名副其实的"次真品"。

我的书法老师冯康侯先生曾经说过："与其花巨款去买一些次等的真迹，不如欣赏博物馆收藏的真迹印刷出来的木版水印。"

与荣宝斋有缘，当谭京、李春林和钟经武先生提出可以为我开一个书法展时，我觉得是无上的光荣，原是想和苏美璐一齐去的，但她忧虑北京的空气，最后还是由我一个人献丑！

说好60幅，我还是只写了50幅，留了10幅让苏美璐展出她的插图，至于展览的题名，我始终认为"书法"二字对我来说，是沾不上边的，平时练的多数是行书和草书，最后决定用《蔡澜行草，暨苏美璐插图展》。

之前，我与荣宝斋合作过，用木版水印印了我写的"用心"二字，卖得甚好，这回也同样地印小幅的《心经》和一些原钤的印谱，出让给有心人。

画展和书法展是我经常去看的项目，我时常构想，要是自己来办，会是怎么样？第一，看别人的，如果喜欢，多数觉得价钱太贵，一贵，就有了距离。基于此，木版水印是一个办法，喜欢的话，捧一幅回去，是大家负担得起的。但木版水印制作过程繁复，亦不算便宜，好在我的商业拍档刘绚强先生是开印刷厂的，拥有最先进最精美的印刷机，每一台都有一个小房间那么大，刘先生会替我印一些行草出来,价钱更为低廉。

书法展决定在2017年10月27日至11月1日举行,一共5天,我在会场与前来参观的各位交流,如果有喜欢的句子或绝句,亦可当场书写。

书法展期间,荣宝斋要我办一场公开演讲,这也好,荣宝斋有自己的讲堂,不必跑到其他地方,主办方要我确认演讲的内容。我一向都不做准备,勉为其难,就把讲题定为《冯康侯老师教导的书法与篆刻》。对方又说要一个简单的提纲,我回答一向没有这种准备,到时听众想听什么就讲什么吧。

多年来勤练行书和草书,要说心得,也没什么心得,不过冯康侯老师教的都是很正确的基本内容,我就当成一个演绎者,把老师说的原原本本搬出来,应该不会误人子弟。

如今,学书法好像一件很沉重、很遥远的事,我

主要讲的是,不要被书法这两个字吓到,有兴趣就容易了。没有心理负担,学起来更得心应手。做学问,不必有什么使命感和责任感。书法,是一件能让人身心舒畅的事,写呀写,写出愉悦,写出兴趣来,多看名帖,那么,你会有交不完的朋友,虽然都是古人,像冯康侯先生说的:"我向古人学,你也向古人学,那么,我们不是老师和学生,我们是同学。"

这回书法展,我有多幅草书。草书少人写,道理很简单,因为看不懂,我最初也看不懂,后来慢慢摸索,就摸出一些道理来。

这回我选的草书内容,都是一些大家熟悉的,像《心经》,各位可能都背得出来,用草书一写,大家看了,啊,原来这个字可以那么写的,原来可以这么变化,兴趣就跟着来了。

草书有一定的规则,像"纟"偏旁,写起来作一个"子"字,今后大家一看,即刻明白,只要起步,慢慢地都能看懂。

草书也不一定要写得快和潦草,记得冯老师说过,草书要慢写,一笔一画,都有交代。一位学草书的友人说,笔画写错了也不要紧,但是慢慢写,不错不是更佳?

"书法家"这三个字,我是绝对称不上的,"爱好者"这三个字更好。成为一个"家",是要花毕生精力和时间去钻研的,我的嗜好太多,不可能完成这个任务。

当成兴趣最好,研究深了,成为半个专家好了,不必太过沉重。一成为半个专家,就是一种求生本领,兴趣多,求生本领也多,人就有了自信。

人家问我学书法干什么,我一向回答:"到时,在街边摆个档,写写挥春,也能赚几个钱呀。"

## 行草展花絮

2017年10月27日,在北京的荣宝斋开了我人生第一次展览会。前一天抵达,看布置已经做得完善,放心了。除了自己的46幅字,还有10张苏美璐的插图,才没那么闷。我也是一个常去看展览的人,发誓若有机会自己开一个,一定克服一些小毛病。

什么毛病呢？通常看完就走，没买到一幅。为什么？贵呀。所以这次和主办单位商量好，尽量把价钱压低。真迹还是觉得太贵的话，买本纪念册好了。纪念册也分3种，平装版的大家都可以轻松地带回去，要求好一点的有两种不同尺寸的版本，用宣纸印刷，精美得很。

开一个展览，再多人来看也是那么一群，如今有了互联网，我在各个平台上把作品放上去。荣宝斋也随时代并进，有自己的网站可以出售作品，所售的加起来，连同现场出售的，第一天已经卖掉一半以上了。

事前主办单位问我要不要开个酒会之类的，我最怕这种应酬了，什么都不要，也谢绝了花篮，每次看到展完后被丢弃的那么一堆，就觉得又浪费又不环保。我开玩笑说不如折现吧，再不然就用这些钱买本纪念册。

展厅一共有两层，下面的我放了一幅很长很大的草书《心经》，当成"镇店之宝"吧。来看的人因为熟悉内容，对着那些鬼画符似的草书，也能一字字念出。

检讨第一天的成绩，发现最快卖出，也是卖得最好的，是我那些不合常规的。像"别管我"那幅，卖完后还有客人再订。在展厅的二楼设有一张案桌，由好友糖糖在那儿泡浓得似墨的熟普洱给我喝，另一张大的，留着给我写字，我一有空当，就在那里写呀，再写，然后把卖出的拆下让客人带走，我写完荣宝斋即裱，随时补上。

第二天，也是重阳节，在荣宝斋大讲堂做一场公开演讲，这回有友人褚海涛开的"无忧格子"奶酪赞助，组织了团队，在现场直播，然后再转发到其他网络平台，不然的话，来的人再多，也比不上利用互联网的效率那么高。

大家的问题一一回答，除了书法上的，还有感情的、美食的，反应非常热烈。

字接着卖，没有停过，一有空当，就在整个琉璃厂溜达，每家字画店、古董店和书店都进去逛逛，是我多年来的心愿。

第三天，应清华大学同学邀请，到礼堂去和大家交流。清华大学如今的银杏树叶都已金黄，陪衬着这几天很难得的清澈蓝天，环境特别漂亮。同学们的问题集中在年轻的迷惘，我告诉大家唯一克服的方法，就是培养一种兴趣或嗜好。研究再研究，研究深了，就会找很多书看，一看之下，原来早已有人做过更深的学问，你能与古人交朋友，哪有时间寂寞或迷惘？

也不到处去找东西吃了，北京的交通不是开玩笑的，一出门就一两个小时塞车，还是乖乖留在展览会场。好友洪亮到各名店去打包，把一堆堆美食买回来，荣宝斋也特别开恩，让我在茶桌上开餐，吃得饱饱。

洪亮是摄影机名厂哈苏的高层，到处去展示产品，也乘机寻找美食，吃得身材略胖，为了答谢他的心意，写了"肥又何妨"相送，他高兴得很。

字继续卖，我继续补，但也会闷的，闷起来，我和小朋友们玩，摄影家刘展耘的小女孩很可爱，我画了一个《半鼻子》卡通人物，先画5个小圈，再一个大圈，点上眼睛，即成。刘千金看得大乐，我也画得发狂，再来一幅史努比睡在狗屋里的给她。铺了满地的字，刘展耘要他女儿选，她挑了一张《酒色财气》，真是孺子可教。

和荣宝斋结缘，由我请他们刻木版水印开始，

"用心"那两个字印了多幅,卖完又卖,这也是替来参观的朋友们着想,真迹太贵,也可以便宜地收藏和真迹一模一样的木版水印,我替买的人题上名字上款,再原铃一个印章。

我的生意上的拍档刘绚强先生是一个印刷界的巨子,拥有最先进的印刷机,像一间房子那么大,什么原材料上都可以印,玻璃、宣纸、布条……这次他为我做了很多真迹的衍生品,都价廉,其中的一幅"莫愁前路无知己,落花时节又逢君"特别受欢迎。不来现场,网上也可以买到。

展出期间,来了一位嘉宾,大家也认识,就是钟楚红了,许多现场看字的朋友遇见了,都不相信自己的眼睛。

荣宝斋行草展,为期 6 天,圆满地结束了,展品 46 件全部售罄,应大家要求,再添了多幅,又有定制

十数件,算是对荣宝斋和自己有一个交代。

一般展览,开完了就完了,但如今的可以不断地延伸,在网上继续出品。大家对"别管我"有兴趣,再下来就有"谁在乎""管他呢"等,都是不正经的,都是以前书法家不肯写的,我才不管,大家喜欢什么卖什么,国内人士所谓的"接地气",就是这么一回事。

返港后,倪匡兄说北京那么多书法家,你竟然敢去撒野?我笑着:"大家对老人家还是客气的,所以现在七老八老才有勇气。觉得最好的还有一幅:双鬓斑斑不悔今生狂妄。"